Petruccio Araujo

A cremalheira

Ilustrações: Roberto Melo

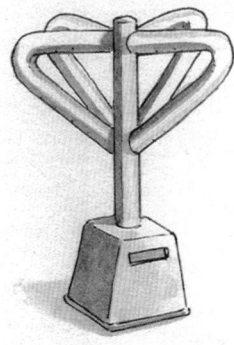

© 2005 texto Petruccio Araujo
ilustrações Roberto Melo

© Direitos de publicação
CORTEZ EDITORA
Rua Bartira, 317 – Perdizes
05009-000 – São Paulo – SP
Tel.: (11) 3864-0111 Fax: (11) 3864-4290
cortez@cortezeditora.com.br
www.cortezeditora.com.br

Direção
José Xavier Cortez

Editor
Amir Piedade

Preparação
Dulce S. Seabra

Revisão
Oneide M. M. Espinosa

Edição de arte
Maurício Rindeika Seolin

Dados Internacionais de Catalogação na Publicação (CIP)
(Câmara Brasileira do Livro, SP, Brasil)

Araujo, Petruccio
 A cremalheira / Petruccio Araujo; ilustrações Roberto Melo — São Paulo: Cortez, 2005. (Coleção Astrolábio)
 ISBN 85-249-1111-5
 1. Literatura infanto-juvenil — I. Melo, Roberto. II. Título. III Série.
 05-1354   CDD-028.5

Índices para catálogo sistemático:
1. Literatura infanto-juvenil 028.5
2. Literatura juvenil   028.5

Impresso no Brasil — maio de 2005

*À Araci, companheira de jornada;
aos meus filhos, Patricia, Demian e Tamara;
e aos meus pais, Geralda e Araujo,
que me projetaram no mundo!*

Sumário

1. Na cremalheira — 5
2. A neguinha da lotação — 11
3. O álbum de figurinhas — 18
4. Nossa Senhora Aparecida — 27
5. A cadeira do dragão — 34
6. 100% negro — 43
7. Leda — 49
8. Uma negrinha espevitada — 61
9. Um dia de cão — 68
10. Um presente de grego? — 73
11. Violência, NÃO! — 82
12. Leda?! — 92
13. O demônio em sua mente — 100
14. No pau-de-arara — 108
15. Na cremalheira — 123

1

Na cremalheira

Como sempre aquele lugar estava deserto. A mesma estação sem movimento e seu Alencar mais seu Abdias, bem sentados à sombra, contando lorotas sobre os ingleses. O maquinista apitou na curva e os dois nem largaram das lembranças. Diante dos olhos de seu Alencar a paisagem era outra, do tempo em que cortava lenha na mata para ajudar no orçamento da família. Depois, já rapazinho, mesmo trabalhando na ferrovia, ainda ganhava alguns trocados, lustrando fivelas ou engraxando botas dos funcionários da rede ferroviária.

— Os ingleses eram uns homens bons! Esta vila era outra coisa no tempo deles! — lembrou o velho Alencar enquanto a maria-fumaça se transformava, aos poucos, numa locomotiva...

— Acho que fomos seguidos!... Entendeu? — foi o que Russo disse no celular ao seu amigo Elias, antes de o trem chegar à estação de Paranapiacaba.

O coração de Cida bateu aflito. Ela abraçou a cintura de Russo e encarou seu protetor à procura de uma resposta. O homem viu o medo estampado na face da menina e colocou o indicador nos lábios, como se lhe dissesse para ficar calada. Apreensiva com a situação, Cida compreendeu e baixou a cabeça silenciosamente.

Antes de parar, o trem resfolegou na estação. Russo desligou o celular e desceu desajeitado do primeiro vagão arrastando a mocinha pela plataforma. Seu Abdias olhou para seu Alencar sem entender bem o que acontecia, enquanto o homem e a mocinha caminhavam apressados em meio aos turistas. Russo puxou a aba do boné, cumprimentando os dois e, em seguida, atropelou a roleta.

— Pois veja só! O homem dessa vez nem sequer parou pra dar uma palavrinha com a gente... — reclamou seu Abdias.

E seu Alencar, sem deixar por menos:

— E que diabos ele veio fazer por aqui com aquela pretinha?

Russo tinha aquele jeitão de professor e todos que conversavam com ele terminavam chamando-o de mestre. Pela idade podia até ser pai do Elias, o policial ferroviário, membro da Sociedade de Preservação e Resgate de Paranapiacaba.

— É uma amizade boa, a deles. E o pior é que os dois sofrem do mesmo mal...

— O Elias diz que é de nostalgia — cortou seu Alencar.

— Ele nunca viu um inglês, mas parece que ainda enxerga as coisas pelos olhos do avô, o velho Donga; preto bom, aquele... — Seu Alencar balançou a cabeça e depois cuspiu o fumo: — Aquele preto tinha a alma branca... Aposentou-se como maquinista... O Elias puxou a ele, por isso saiu assim meio moreninho.

Os velhos riram até que um mulato bem encorpado e de olhos tapados num *ray-ban* lhes chamou a atenção. De andar maneiro, o homem passou por eles todo dissimulado, como se não quisesse nada com a vida, até sumir da estação.

Seu Abdias acenou para o maquinista, que já fazia a manobra. Era o único trem de passageiros naquele domingo e qualquer dia desses seria o último. Os trilhos de Paranapiacaba já estavam mais para os vagões de minério, descendo a serra grudados na cremalheira até o porto de Santos...

O movimento tinha acabado por ali. O sol morno do outono cobria a passarela quando seu Abdias e seu Alencar toparam de novo com Russo e a mocinha. Os dois continuavam apressados como se tivessem visto assombração. Na verdade haviam marcado um encontro com o Elias na bodega do Careca, mas o policial ferroviário já havia dito pelo celular que estaria de serviço, guiando os turistas pela Vila Inglesa, à tarde. De qualquer maneira estaria atento à situação e poderia encontrá-los no galpão da maria-fumaça de Pedro II, ou no Castelinho, antigo escritório dos ingleses que se transformara em museu.

Ao descerem a passarela que ligava a cidade à Vila Inglesa, Cida deu a mão a Russo e lamentou:

— Velho, desde o dia em que a gente se conheceu que eu lhe dou trabalho, não é?

Russo fez de conta que não ouviu e apontou para o lado esquerdo do vale:

— Cida, ali, depois do galpão, está vendo? — na verdade Russo queria distrair a menina enquanto pensava numa maneira de se livrar do perseguidor. Tomara todos os cuidados quanto à segurança dela, mas o bandido fora mais esperto que ele. — Ali está o sistema funicular de tração... — retomou — que os ingleses trouxeram da Europa pra resolver o problema da descida dos trens ao porto de Santos...

O velho sabia que em algum lugar por ali Mané Cão aguardava o momento certo para dar o bote, por isso resolvera caminhar com os visitantes. Em meio aos turistas, ganhariam tempo enquanto ele pensava no que fazer para retardar a ação do bandido.

Enquanto falava o velho disfarçava o olhar tentando localizar na paisagem a figura do mulato no horizonte.

— Depois, Cida... Esse sistema de tração foi mudado para o sistema japonês. Agora os vagões descem a serra atrelados a esteiras dentadas que eles chamam de cremalheira...

Com os turistas os dois chegaram ao galpão da maria-fumaça. Cida largou o braço de Russo e subiu na pequena plataforma para olhar o interior dos vagões. Ninguém podia entrar ali e da janela dava para ver quanto tudo ainda estava bem conservado; as cadeiras e até o pequeno toalete com a latrina onde o imperador fazia suas necessidades. Ao passar para o vagão da câmara mortuária, a mocinha viu o mulato de *ray-ban*, parado na encosta que dava acesso ao Castelinho. Cida desceu a plataforma e correu apavorada em direção a Russo, agarrando-o pela cintura.

— Calma! Já vi... Fique ao meu lado e não saia mais de perto de mim, ouviu?...

Naquele momento um assobio forte cortou o ar chamando a atenção dos dois. No fundo do galpão uma sombra esguia lhes acenou, escondendo-se em seguida atrás de um vagão antigo. Era Elias. Russo tinha colocado o amigo de prontidão, avisando-o sobre Mané Cão um pouco antes de desembarcar com Cida. O policial ferroviário também estivera o tempo todo de olho no bandido. Chegara a hora de agir!...

A neguinha da lotação

Russo estava no ponto esperando condução quando alguém lhe cutucou as costas. Era Bonifácio, um ancião que havia pouco fizera 97 anos e ainda estava de pé, dando voltas pelo quarteirão e contando lorotas na padaria. Russo, que ainda não chegara aos sessenta, era tratado como um filho pelo velho.

— Você ainda é um menino! — dizia Bonifácio. — Acabado estou eu, que já nem consigo me arrastar direito nem tenho mais mulher pra namorar...

Quando se encontravam Russo puxava pela memória de Bonifácio, perguntando-lhe sobre as escaramuças que tivera com Lampião em Mossoró, cidade do Rio Grande do Norte. Bonifácio aproveitava a ocasião e tentava mudar o jeitão do amigo.

— Você precisa tirar essa barba branca, moço, e se casar de novo... Arrumar uma mulher pra cuidar de você! — aconselhava.

Uma van parou quase lotada no ponto e Russo despediu-se de Bonifácio. O homem entrou na lotação e depois que a cobradora bateu a porta, o motorista meio nervoso gritou:

— Ô neguinha, se você não falar do percurso pras pessoas a gente tá roubado! O que é que há? Não comeu feijão hoje, não, minha nega?

Ao se aproximarem do ponto seguinte a menina botou a cabeça pra fora da janela e esgoelou-se:

— Lotação Cândia! Via Júlio Buono, Gustavo Adolfo e Metrô Tucuruvi!

Muito apressado o motorista chacoalhava os passageiros cantando pneu rua abaixo. Queria ganhar o verde do semáforo para adiantar a viagem. Aquele sinal da esquina do Bradesco não era mole; se ficasse preso nele, um clandestino qualquer poderia lhe atrapalhar a vida.

Sentado num banco em frente à cobradora, Russo parecia desligado do mundo. Aquele matador de cangaceiros tinha razão, talvez estivesse mesmo na hora de arrumar uma companheira... Certo que ainda era muito forte, mas ninguém fora feito para semente e homem não era para ficar a vida toda sem mulher... Padre Zeca era outro que também não saía do seu pé. O vigário, que o havia casado uma vez, não perdera ainda a esperança de um dia casá-lo de novo em sua igreja.

As palavras de Bonifácio ainda ecoavam em sua mente quando seus olhos, sem querer, se assentaram nos olhos da mocinha, trazendo-o de volta à realidade: "O Brasil não tem jeito mesmo, essa menina deve ter uns doze ou treze anos e já trabalha como qualquer adulto" — pensou.

— Vamos adiantar a passagem, pessoal! — ordenou a menina com os olhos fixos na barba do passageiro.

Russo notou que ela carregava um pequeno caderno com a palavra violência, grafitada pela capa toda. Pagou a passagem com um passe e em seguida perguntou:

— Trabalho de escola?

— Não... — respondeu seca.

— Como você se chama?

— Cida.

— Na verdade é Maria Aparecida, não é? — depois que contou os passageiros, a menina respondeu que sim, com a cabeça. Russo, tentando puxar conversa: — Nome bem brasileiro, homenagem a Nossa Senhora Aparecida, santa padroeira do Brasil...

O motorista que acompanhava a conversa dos dois folgou:

— Pros íntimos, neguinha! É ou não é, Cida?

A mocinha, não dando trela para o motorista mal-educado, olhou para a cara vermelha do homem e...

— E o nome do senhor?

— Rousseau.

— Russo?

— Isso mesmo, Russo! Todos me chamam de Russo...

— É... o senhor tem a cara meio enferrujada! — disse graciosamente.

Russo sorriu e pediu para descer no próximo ponto.

— Um dia desses a gente conversa mais, tá legal?

Da calçada o homem levantou o polegar e a menina sorriu por trás do vidro.

A lotação arrancou e o motorista mal-encarado resolveu falar mais uma besteira:

— Escuta aqui, mina! Fica dando boi pra esse velho, fica! Esse velho é comunista! Ele e aquele padre descarado que em vez de rezar missa fica defendendo os invasores das terras dos outros!

Cida balançou a cabeça com desdém e depois retrucou:

— Sai do meu pé, Pernalonga!

Aos poucos os passageiros foram descendo nos pontos, solitários em busca de mais um dia. Tentando quebrar o gelo, o motorista girou o dial e a música melosa do Negritude Júnior tomou conta do ambiente.

A menina, que agora tinha um nome, abriu quase que automaticamente o caderno e começou a folheá-lo. Como se fossem figurinhas premiadas, as fotos que recortara dos jornais dançaram ao compasso manhoso do pagode... Sem saber por quê, Cida não tirava aquele homem esquisito da cabeça... O passageiro de cara de ferrugem que se chamava Russo...

— Mas que diabos você tanto olha essas fotos de gente morta, neguinha? — engrossou de novo o motorista.

De volta, lá pela noitinha, no terminal do metrô Tucuruvi, Russo pegou de novo uma lotação. Dessa vez se sentou na boléia com o motorista. Mais novo que ele, o homem era calvo e tinha um bigode farto, compondo com um rabo-de-cavalo grisalho grudado na nuca. Naquele exato momento o cobrador reclamava da música que tocava na lotação. O

motorista, depois que falou que era da época do Woodstock, disse para o rapaz:

— Você não sabe o que é isso, meu!... Essa guitarra tem sentimento, boiola!

— A gente não entende nada, mano! — respondeu o cobrador, indignado com o som rolando no toca-fitas.

— Sabe o que ele quer? — disse o motorista, virando-se para Russo. — Essa musiquinha dessa negaiada fanhosa pedindo colo de mamãe... Ninguém agüenta mais isso, meu! O senhor não acha? Fala pra ele...

O homem aumentou o volume e tudo vibrou com o baixo. Ao mesmo tempo em que dirigia, o motorista imitava o solo frenético da guitarra com a boca e batia com a mão no volante, acompanhando o ritmo da música. Russo teve vontade de dizer que nos anos sessenta ele era um jovem careta; que também não tivera tempo para o sexo, para a droga e, muito menos, para o *rock'n'roll*, que naquela época achava uma música alienada. Nos anos de chumbo o jovem Rousseau militava na política...

O motorista, embriagado pela música, acelerou.

— Tempo bom era aquele, meu!

O cobrador, que perdera a vez para o *rock*, fulo da vida gritou:

— Gustavo Adolfo, Júlio Buono, Estrada de Santos, Ceará, Jardim Brasil..., pros inferno!

3

O álbum de figurinhas

No Jardim Brasil, a esquina da Paulino de Brito com a Francisco Peixoto ficava animada no final de semana. Quem fosse à padaria da avenida Japão tinha de rodear a moçada, ouvindo alto o som do carro, tomando conta da rua. Sob a marquise de uma confecção falida, moças e rapazes flertavam pela tarde, estendendo conversa pela noite, revezando-se madrugada afora.

Da turma da esquina poucos se envolviam com drogas pesadas, mas todos, com certeza, até a mais recatada das meninas, já tinham dado uma pitada na erva que os mais afoitos ofereciam. E isso não adiantava esconder, pois quem se aventurasse lá pelas tantas ao orelhão que ficava do outro lado da rua, na calçada do mercadinho do Abel, telefonava aos parentes embalado pelo cheiro doce da maconha perfumando a noite.

De vez em quando havia quem justificasse o vício, argumentando aos mais incautos que qualquer dia desses portar cigarros de maconha não seria mais um problema. Pois até deputado, em Brasília, já se mobilizava pela descriminalização da droga, sendo tudo então uma questão de tempo, apenas...

Muita gente invejosa torcia para que a polícia baixasse no momento em que o aroma tomasse a esquina. Mas isso nunca acontecia. E também a moçada era esperta e sabia que bastava apenas um cigarro para fazer a festa, o resto era com a cerveja, com a conversa sobre trabalho, com o namoro...

Em meio àquele papo todo da moçada, recostados na porta de ferro da esquina, Cida e Tiago folheavam um caderno.

— Este é o Renato, se lembra? — perguntou Cida apontando com o dedo o recorte de jornal.

Tiago puxou o álbum mais para perto e grudou os olhos na foto.

— A gente estava jogando bola no pátio da escola quando os homens chegaram e fuzilaram ele!

— Os homens?

— Estavam encapuzados... Mas pra mim...

— Pra mim o quê, Tiago? Você sabe quem eram, não é?

Tiago calou-se. Sabia das razões de Cida para continuar colecionando fotos de vítimas da violência como se fosse um álbum de família. Depois que perdera a mãe, assassinada por resistir a um assalto na própria escola em que ensinava, a mocinha havia começado com aquela maluquice.

Embora acompanhassem tudo aquilo pelo noticiário sensacionalista da TV ou dos jornais, mesmo assim a turma não escondia o interesse em folhear o estranho caderno em busca de novidades. Sabiam que um dia qualquer um dali poderia aparecer colado numa página do álbum de Cida. Por isso o caderno passava de mão em mão fazendo sucesso.

Com os olhos azuis grudados na pichação do muro em frente, Tiago limpou o cuspe da flauta e depois tirou um som. Cida, ainda envolta pelo clima das fotografias, fechou o caderno.

Uma viatura da polícia deslizava silenciosamente pela esquina. Naquele momento, Renato, 16, o primeiro da galeria que Cida colara no álbum, deu de cara com Anderson Alves Ribeiro, 17. Em outra página, Aparecido Mendes Menezes, também 17, batia de frente com Iraí Malvina Rabelo da Silva, professora assassinada no pátio da escola...

O policial que dirigia o carro encarou a turma com frieza e em seguida estacionou do outro lado da rua.

O japonês tinha "sangue nos olhos", como diziam os que haviam enfrentado o homem em outras ocasiões. Todo mundo ali já tinha ouvido falar da "máquina de dar choques" que ele trazia conectada à bateria do camburão. Sabiam que quem caísse nas mãos do "oriental" e não desse as informações que ele queria era torturado ali mesmo, dentro do carro. Por isso, o melhor que tinham a fazer naquele momento era continuar a brincadeira como se nada estivesse acontecendo. Era esse o melhor procedimento. Mesmo que não devessem nada, não deveriam encarar o policial. Era perigoso. Ele poderia achar que sua autoridade estava sendo desacatada e aí a coisa poderia tomar outro rumo.

Tocando flauta, Tiago sentiu o olhar frio do Japa em cima dele. Era o mesmo olhar do cara que tinha fuzilado o Renato na quadra de esportes da escola. Não dava para esquecer os olhos repuxados do assassino sob o capuz. Atirou no Renato e depois de ter mirado a cabeça de todo mundo, saiu calmamente, como se não tivesse acontecido nada.

O parceiro do Japa desceu da viatura. Era Napoleão, um policial branco, alto e bem encorpado. Os próprios traficantes do bairro haviam-lhe dado esse nome. O homem era daqueles que fechava um quarteirão para passar o pente-fino na malandragem. Quando Napoleão entrava em ação, todo mundo tremia e faltava lugar para bandido no camburão.

De vez em quando, pelo Natal, ele e o Japa resolviam fazer o "arrastão do Papai Noel". Aí a coisa ficava preta.

Mesmo que responsabilizassem a dupla por algumas "desovas" que de vez em quando amanheciam pelas ruas do Jardim Brasil, ninguém nunca havia provado nada nem tentara acusá-los de abuso de autoridade.

Alguns diziam que tudo aquilo era boato e que os dois policiais não passavam de uma lenda. Outros, quando tinham oportunidade, até davam ouvidos às suas lamúrias. Nessas ocasiões Napoleão aproveitava para reclamar que não adiantava prender os traficantes do pedaço porque eles terminavam bem tratados na prisão...

— A gente prende o traficante e depois com quaisquer mil reais o bandido compra uma suíte na prisão, com ar condicionado e decoração de motel pra receber suas negas! — reclamava. E colocava ainda mais lenha na fogueira para quem quisesse ouvir: — A gente faz o trabalho e o sistema desfaz... O sistema dá moleza e os traficantes aproveitam e organizam o tráfico de drogas lá de dentro da cadeia pelo celular! — desabafava. — Agora, se um pai de família resolve ir à forra contra um traficante que tenha viciado uma filha sua... Hum, coitado dele! Vai direto pra cadeia e lá dentro mesmo ele é trucidado!

Napoleão atravessou a rua, todo olhando para os lados, em direção à rapaziada. Tiago percebeu a intenção do policial e parou de tocar. O homem aproximou-se, apontou o indicador

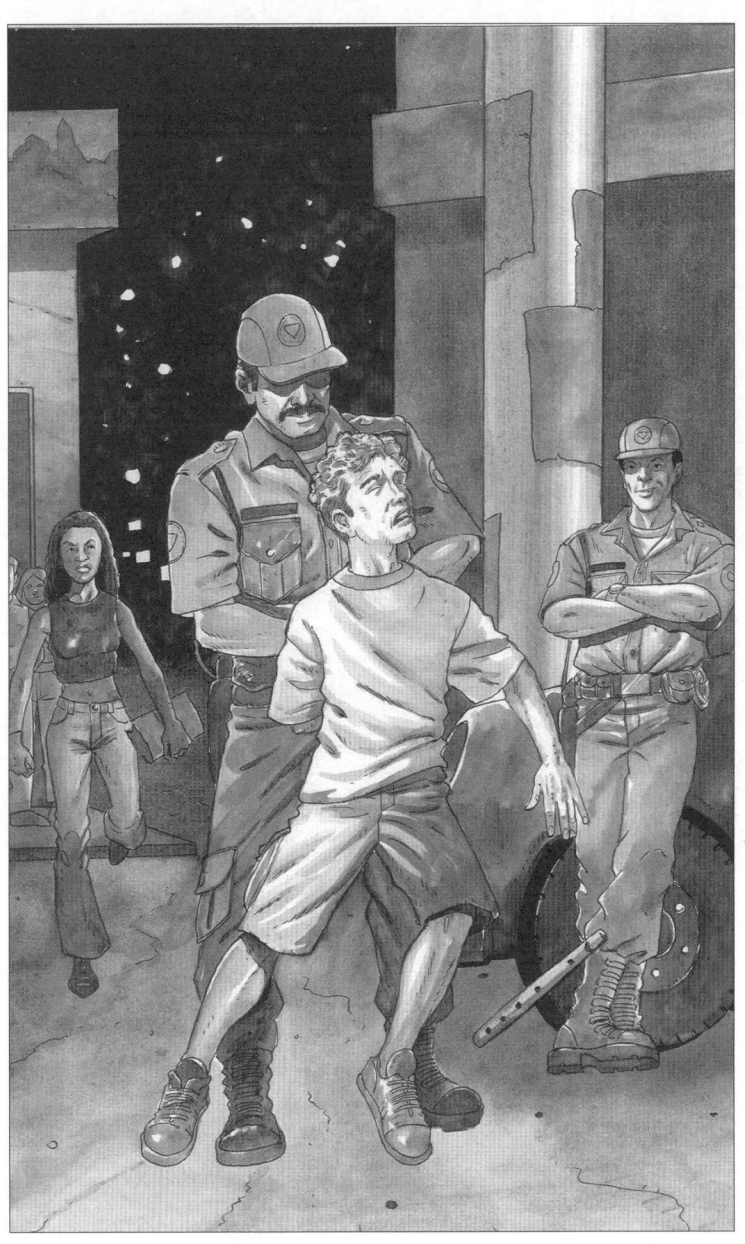

contra o peito do rapaz e o empurrou contra a parede. Depois que arrancou o instrumento da mão de Tiago, ordenou:

— Documentos!

— Eu... esqueci em casa... — disse com a voz trêmula.

— Você esquece as coisas rapidamente, seu moleque! Eu tinha avisado que da próxima vez que eu te pegasse sem documentos eu não ia te dar mais moleza! Disse ou não disse? — Napoleão torceu o braço do rapaz e arrastou-o em direção ao camburão.

Do outro lado o Japa sorriu satisfeito e desceu do carro para dar apoio ao companheiro. A moçada, com medo, não deu nem um pio. Já no meio da rua, Cida resolveu impedir que os policiais pusessem Tiago na viatura. Agarrando a cintura de Napoleão, ela gritou:

— Ele não fez nada!

Napoleão rodopiou com Tiago, e o Japa, socorrendo o parceiro, tentou segurar a mocinha. Cida desvencilhou-se dele e defendeu-se várias vezes batendo no policial com o álbum de fotografias. O Japa, sem perder a calma, puxou a mocinha pelo braço e deu-lhe uma gravata. Com aquele rebuliço todo, a rua foi-se enchendo de gente e Napoleão, sem saber por quê, largou Tiago e pediu ao parceiro que soltasse a menina. Cida trouxe Tiago para perto dela e depois se abaixou para apanhar as folhas do caderno que se haviam soltado durante a confusão. Napoleão, olhando a platéia em volta, recompôs-se e depois falou:

— Você não sabe com quem está se metendo, mocinha!... Esse moleque não tem jeito e qualquer dia desses você ainda vai me dar razão. — E virando-se para o Japa: — Pode deixar, essa neguinha aí é trabalhadora. E quanto a você, moleque, vê se se emenda!

Napoleão acalmou os ânimos do parceiro e os dois entraram no carro. O japonês varreu a turma com seu olhar gelado e a viatura cantou pneu rumo à 39.

Tiago apanhou a flauta do chão e limpou o instrumento na bermuda. A moçada respirou aliviada e Cida, sem perder mais tempo, pegou o amigo pelo braço e desceram a rua em direção à igreja. Daí a pouco seriam seis horas e Tiago tinha de tocar na banda que ele mesmo organizara para ajudar padre Zeca a rezar a missa.

...

No pátio da delegacia, antes de descer do carro, o Japa quebrou o silêncio.

— O moleque sabe! — disse, meio desolado.

— Você tem certeza? — perguntou Napoleão, ainda aborrecido.

— Tenho.

— Você não devia...

— Eu não tinha outra saída... Se eu não apagasse o moleque eu ia ficar numa pior!

Napoleão ficou pensativo, procurando uma maneira de tirar o amigo daquela situação.

— Vou precisar de você, parceiro... — finalizou Japa, um pouco receoso.

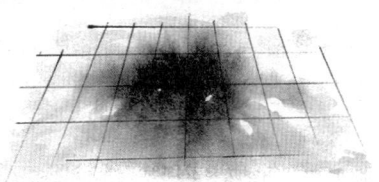

Nossa Senhora Aparecida

No terceiro rabo-de-galo seu Mário já ficava torto.

Ainda bem que não era um bêbado chato. Quando se sentia embriagado, a primeira coisa que fazia era sentar-se. Assim pelo menos não dava vexame. Aliás, quem conhecia seu Mário nunca se lembrava dele no chão, "com o cachorro lambendo a boca", como diziam os companheiros de bebida.

Todo mundo já se havia acostumado com a esquisitice daquele homem. De pouca fala, seu Mário não contava lorotas nem gostava de elogios quando estava sóbrio. E, ao contrário dos outros, quando tomava umas e outras é que ficava mudo.

Os mais velhos, que o conheciam desde mocinho no bairro, ainda se lembravam dele fazendo curso no Exército. Lembravam-se até das mocinhas disputando o tenente! "Naquele tempo eram doidas por uma farda...", brincavam. Mas o diabo é que o homem não se casara. Parecia não ter tido tempo para mulheres; apenas pensando na carreira militar. Quando viam seu Mário quietinho no balcão, por trás da cafeteira, com as mãos sustentando a cabeça, alguns até se aventuravam a falar do mistério que rondava a alma daquele homem...

Os amigos de copo, mesmo os mais antigos, embora soubessem pouco de sua vida, às vezes extrapolavam dizendo para quem quisesse ouvir que seu Mário era daquele jeito porque sofrera um trauma no tempo em que servira no Exército; no tempo em que os militares mandavam nos civis. Alguma coisa na certa acontecera ao homem, que, ao abandonar a carreira, nunca mais se acertara com a vida. Mas beber mesmo, todos os dias, seu Mário só havia começado depois que perdera a filha adotiva num assalto no pátio do colégio, onde ela ensinava.

A água quente ferveu no coador e o cheirinho de café tomou conta do lugar. Através da fumaça o homem viu a neta se aproximar do balcão. Todos os dias, depois que terminava o turno da lotação, primeiro ela ia para casa, preparava o arroz e só depois é que ia buscar o avô na padaria. Seu Mário, manso como um cordeiro, saía dali pela mão de Cida e todas as vezes antes de sumir pela porta sinalizava aos companheiros que no outro dia estaria de volta.

A única coisa que desgostava o tenente era a teimosia da neta em querer trabalhar. Para o avô ela deveria estudar e tornar-se alguém, quem sabe uma professora... Mas, depois do que acontecera à sua mãe, a menina não queria mais saber de escola.

Da padaria os dois desciam a Paulino de Brito até sumirem na esquina da Ramiz Galvão, onde moravam. Quem não os conhecesse estranhava a dupla. Ele, alto e branco, e a menina, baixinha e negra, já botando corpo.

— Vô, qualquer dia o senhor vai cansar de esperar... Eu não virei mais buscá-lo, está ouvindo, Vô? Eu estou falando sério!

De brincadeira seu Mário soltava um bafo de cachaça na cara da neta e depois a abraçava carinhosamente. E assim, todas as noites os dois repetiam a mesma rotina.

Já em casa, enquanto Cida preparava a omelete com batatas, prato preferido do avô, o tenente dormira... Na verdade não era somente a cachaça que derrubava aquele homem, mas as lembranças. Lembranças às vezes põem a gente para dormir. Seu Mário fugia de si mesmo, fugia do passado, de certas coisas que, se pudesse, jamais teria cometido. Vendo o avô estirado na cama, a menina não imaginava o seu tormento.

Cida botou a mesa para dois, mas jantou sozinha naquela noite. Televisão, ela não ligava muito e, ultimamente, nem a novela das nove acompanhava mais. De vez em quando assistia ao futebol e, quando não fazia isso, terminava povoando a tela cinza da tevê com seus temores.

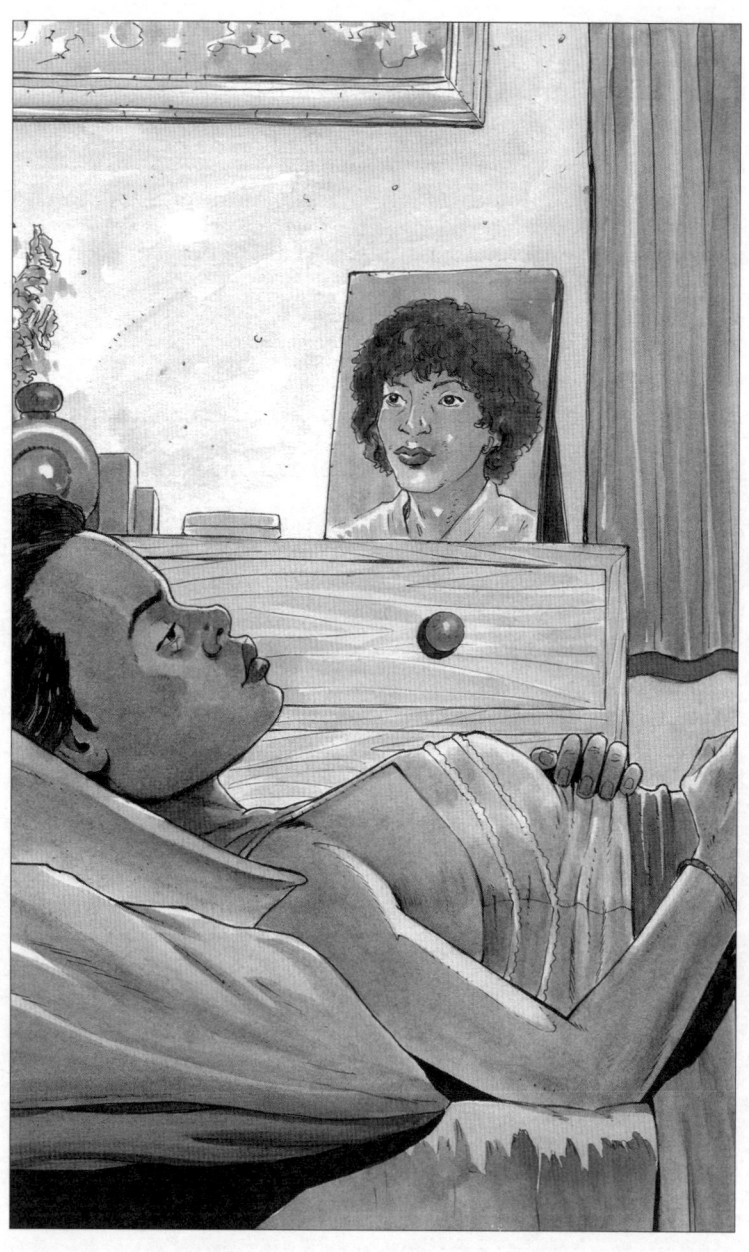

Ficara sozinha mesmo e não podia contar com o avô, que dormia muito e passava a maior parte do dia pelos bares. As saudades da mãe eram muitas, mas tinha de aprender a se virar com as coisas, com a vida. Na verdade algo a incomodava naquela noite, algo que não sabia bem de onde vinha, alguma coisa como um vulcão e seus tremores.

Cida entrou no quarto, tirou a roupa do dia e ficou nua diante do espelho da penteadeira de sua mãe: ali estavam as primeiras formas que o corpo revelara sem que ela mesma desse conta, a natureza despontando em seus primeiros raios...

Pegou o porta-retrato da penteadeira e deitou-se na cama da mãe. Quantas vezes dormira com ela ali... E agora que mais precisava dela... Se fosse viva, ela lhe falaria de seus pensamentos, de dúvidas sobre coisas proibidas e, por que não, de sexo?...

Olhou bem para o porta-retratos e falou:

— Mãe, o que é mesmo o desejo?

Demorou um pouquinho até que a mãe respondeu lá de dentro dela: "Desejo, filha, é a vontade que você tem de comer uma fruta!".

Cida sorriu e, olhando bem para o retrato, perguntou de novo:

— Mãe, será que eu vou ficar assim, bonita, igual a você?

A mãe deu um sorrizinho maneiro e depois respondeu: "Vai... Você vai ser uma negra muito bonita, mas isso não é tudo, ouviu?".

A menina ficou ali um tempo matutando na resposta da mãe até que o cansaço bateu e ela dormiu.

...

A paisagem era cinza. O mar estava calmo e a luz fraca banhando as ondas só podia ser da lua, que ainda estava escondida. O céu parecia um cenário de papel de seda traspassado por um clarão. Cida não se via no sonho, mas tinha certeza de que estava ali pela frieza da água em seus pés. De repente, como se o olhar fechasse o foco sobre a cena, uma sombra emerge de uma clareira e caminha em sua direção... Nossa Senhora Aparecida tem os braços abertos e de suas mãos uma cascata interminável de pérolas cai sobre o mar, tingindo a água de vermelho...

...

No outro dia, pela manhã, enquanto tomava banho, a menina viu a espuma tingir-se entre as pernas... Passou de novo os dedos na vulva e o sangue correu abundante. Ainda não acreditando no que via esfregou a tintura entre os dedos e cheirou para ter certeza de que era mesmo sangue. Quis gritar, mas de nada adiantaria, ninguém a ouviria na casa. E mesmo que o avô acordasse, ela não tinha essas intimidades com ele. Enquanto se controlava, deixou a alma chorar até perder o medo. Sentiu alguma coisa doce dentro do peito e, num instante, o que antes parecia ser um problema insolúvel se transformou em alegria! Era uma mulher feita! Era isso o que a santa viera lhe dizer no sonho... Era essa sua riqueza, a pérola vinda das profundezas salgadas do mar, trazida pela mão de Nossa Senhora... Nesse instante o rosto tranqüilo de sua mãe se projetou no branco do azulejo e ela, soluçando, sorriu feliz ainda embaixo do chuveiro.

Enxugou-se e depois, com a toalha entre as pernas, correu para o quarto. Abriu a gaveta da cômoda de sua mãe e achou o que precisava. Sabia como fazer, já tinha visto várias vezes a mãe se cuidar quando aquilo lhe acontecia. Agora que trabalhava, ela mesma compraria os seus absorventes sem precisar do dinheiro da aposentadoria do avô...

5

A cadeira do dragão

—Vô, eu já estou indo! Já passei o café e a fritada da janta de ontem ainda está no fogão... Se o senhor quiser é só esquentar e comer.

Seu Mário fez um gesto de quem não precisava de nada e a mocinha saiu.

Gostaria de ficar mais um pouco deitado, aproveitando o friozinho da manhã. Mas alguma coisa o empurrou para fora da cama e logo se viu em frente ao espelho com o barbeador na mão. Depois do chuveiro, lá estava ele de novo, penteando-se e abotoando o colarinho branco da camisa sob um paletó azul. Não comeu nada e resolveu que naquele domingo só começaria a beber depois da missa.

Ao atravessar a rua não conseguiu se lembrar da última vez em que estivera numa igreja. No pátio, já misturado às pessoas, viu o galpão de madeira do AAA, da Associação dos Alcoólatras Anônimos, e, um pouco atrás da quadra de vôlei improvisada, uma ambulância velha com os pneus arriados. Enquanto lia a faixa do Movimento Negro do bairro, convidando seus militantes para uma reunião, seu Mário não viu quando Tiago se aproximou:

— O senhor não é o avô da Cida?

— Sou... — respondeu meio sem jeito, tapando a boca com os dedos.

— Ela nunca mais apareceu na escola...

— É que a Cida é uma menina teimosa... Mas você poderia aparecer lá em casa... pra falar com ela. Eu acho que ela ia gostar de ver os amigos...

A conversa não durou muito, o rapaz despediu-se e seu Mário orgulhou-se de si mesmo por não ter bebido, ainda. Que bom que o jovenzinho loiro não sentira o bafo de cachaça e que, naquela manhã, ele até havia tomado banho. O tenente entrou na igreja e foi direto ao confessionário.

Padre Zeca pediu que lhe confiasse os pecados e seu Mário falou quase imperceptível:

— Padre, muitos anos atrás eu cometi um crime!

Naquele domingo padre Zeca não falou de drogas nem versou sobre o seu tema preferido: os excluídos da terra, os sem-teto. Achou melhor falar sobre o perdão.

Para começar iniciou o sermão dizendo que todos que estavam presentes ali eram pecadores. As pessoas até se assustaram com a performance do padre, martelando o indicador para os fiéis ao mesmo tempo que chamava de mentirosos os que se achavam sem pecados... Para o padre, a linha que separava o pecado do perdão era muito tênue e somente encontrariam a verdade aqueles que tomassem consciência de seus delitos.

Depois que comungou, seu Mário prometeu a si mesmo que naquele domingo não beberia. Sua neta é que iria gostar da idéia, ah, se iria! Sentia-se como se estivesse renascido das cinzas e o padre fora responsável por isso, pois diminuíra o peso do fardo em suas costas ao repartir seu pecado com os fiéis de sua igreja. Com a alma refrigerada, desta vez o tenente não deixaria a ansiedade tomar conta dele de novo.

— Desta vez — pensou, ajeitando a gola do paletó — nada vai me tirar a paz.

Mas era um querer demasiado, bem muito além de suas forças.

Ao atravessar o pátio da igreja compreendeu que embora tivesse tido a coragem de confessar seu maior pecado, não suportaria carregá-lo de novo às costas, caso deixasse a cachaça, como tinha prometido ao padre. Talvez precisasse confessar

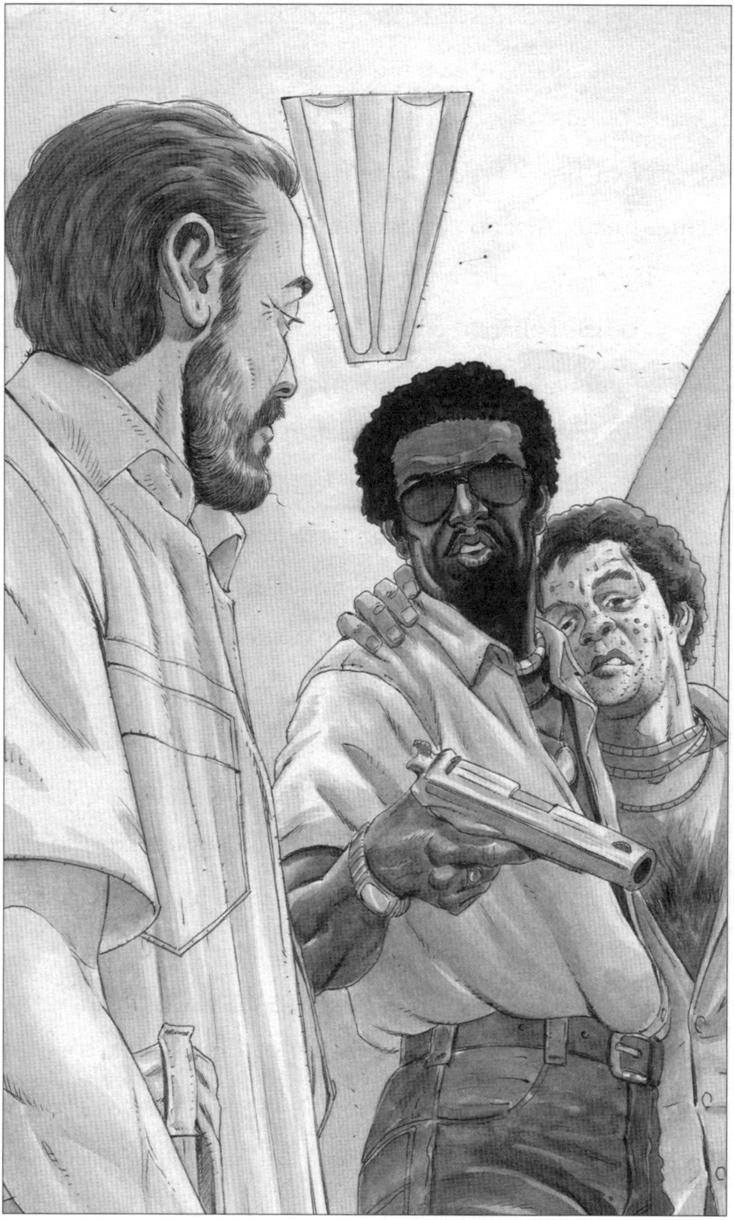

mais e mais vezes o seu crime, para que o mundo todo pudesse lhe perdoar... Quem sabe somente dessa maneira não se livraria da culpa?

Nem bem chegou ao portão quando um Gol branco cantou pneu no pátio abrindo caminho entre as pessoas.

De dentro do carro saíram dois jovens armados.

Os fiéis voltaram correndo para dentro da igreja e o padre gritou que ficassem calmos, que ali nada lhes aconteceria.

Um dos homens, um mulato de *ray-ban* que dirigia o Gol, mais conhecido como Mané Cão, dava cobertura ao companheiro, que ajudava um comparsa ferido a sair do veículo.

Seu Mário tremia atrás de uma pilastra na porta da igreja.

Havia muito tempo tinha passado por situações como aquela, ao combater a guerrilha, em São Paulo. No momento do confronto, manter-se calmo, às vezes, é apenas um artifício, pois nada impede que o gosto de sangue na boca e as batidas aceleradas do coração tomem conta da pessoa. Por isso não se deve reagir a um bandido armado; sua calma pode ser apenas aparente.

Lá no fundo, do quartinho contíguo ao AAA, Russo, que fora acordado às pressas por um coroinha, olhava a cena pelo postigo. Enquanto se vestia, pediu ao menino que chamasse a voluntária de enfermagem e depois saiu em direção aos bandidos.

Do Queijo, um sarará lavado de cara esburacada, saltitava apoiado nos ombros dos companheiros. Russo aproximou-se do bandido e ofereceu ajuda. Mané Cão, na retaguarda, mirava a rua com a arma, apontando para lá e para cá como se estivesse num filme.

— A bala não se encontra alojada na perna. Talvez não seja nada. Mas seria bom tirar uma radiografia para ver se não ficou nenhuma lesão no músculo — disse a enfermeira.

Os bandidos entreolharam-se e Mané Cão sentenciou:

— Nada disso, dona, nada de hospital. A coisa vai ficar por aqui mesmo. É só a senhora fazer um curativo, que a gente já está se mandando...

Russo conhecia bem aqueles tipos. Ficara calejado com os anos vividos naquela comunidade carente. A periferia pobre de São Paulo era pródiga em gerar rebentos para o ciclo vicioso da violência. Era raro o dia em que não se encontravam estampadas nos jornais fotos de jovens, ainda meninos, chacinados em bares, portas de escolas ou nos ermos da cidade. Em sua maioria mulatos pobres. Esses tranca-ruas de morros e quarteirões viviam a serviço de poderosos negociantes que nem sequer conheciam. De vida curta, ziguezagueavam impacientes pelo cenário miserável das periferias, servindo de pasto à rota internacional das drogas que passava pelo Brasil.

Aqueles homens tinham sido vítimas de uma quadrilha rival que defendia seu território. E como esse tipo de negócio somente se resolve à bala, Do Queijo havia sido ameaçado de morte por ter passado de suas fronteiras. Com várias passagens pelo Carandiru, já tinha perdido um irmão, sargento da polícia, que também vivia do tráfico, mas mesmo assim não se emendava.

A primeira vez que puxara cadeia tinha ficado cinco anos, e as outras duas vezes, meses apenas. Mas as pessoas não entendiam como o bandido era preso, logo saía da prisão e pouco depois voltava para assumir o "ponto" bem nas barbas da polícia! Corriam boatos de que o sarará tinha um padrinho muito forte. Um poderoso traficante da região que não poupava esforços com propinas a policiais e advogados de porta de cadeia para defendê-lo.

Toda vez que o bandido ia para trás das grades, a mãe e as irmãs tocavam os negócios. Uma vez solto, andava uns tempos como um miserável, arrastando chinelos pelas ruas ou dando voltas pelo quarteirão com sua Brasília barulhenta, toda caindo aos pedaços, até que assumia de novo o comando do tráfico.

Russo já havia presenciado o poder de sedução que o bandido exercia sobre as mulheres do lugar. Algumas vezes encontrara Do Queijo pelas esquinas assediado por mocinhas que na certa já usavam cocaína ou serviam de avião para o bandido, nas escolas do bairro. Era assim que o marginal estendia sua rede. As mulheres não o abandonavam nem quando ele estava na pior. Elas sabiam que logo se levantaria e era apenas uma questão de tempo para que ele jogasse aquele carro velho fora e passasse a circular com outro mais novo pela área. Enquanto isso não acontecia, as mulheres desfilavam pelas ruas disputando Do Queijo, o bandido na frente e elas atrás, com sombrinha, guardando costas sob o sol quente do dia.

Depois que os bandidos se mandaram, dois helicópteros da polícia sobrevoaram o local. De cima das lajes a molecada assistia, num misto de medo e excitação, à evolução das máquinas voadoras no céu. Naquela manhã de domingo o sossego acabara para os que se tinham deitado tarde. Com tamanho barulho invadindo os quartos, o melhor a fazer era iniciar logo o dia: as mulheres no trato do almoço, os homens em busca do carvão ou já virando a carne de gato na churrasqueira improvisada, que os parentes logo bateriam à porta.

Em meio ao alvoroço da polícia tentando localizar os traficantes, seu Mário virou à esquerda na Xanã e entrou no primeiro boteco que encontrou pela frente. Estava atordoado com tudo aquilo e não agüentaria por muito tempo a barulheira toda se não tomasse logo um trago...

A segunda dose nem esquentou a goela do homem.

Com a mente alucinada pela confusão, luzes intermitentes cortaram a laje sombria de uma escada, enquanto um corpo era arrastado degraus abaixo. A imagem de uma mulher amarrada numa cadeira revelava-se cada vez que os raios atravessavam a clarabóia na parede...

Tomou mais um rabo-de-galo e correu para a frente do bar. O português, que não queria arrumar problemas com a polícia, tentou acalmar o homem, que gritava disparates para o céu.

Arregalou os olhos como se estivesse diante de um espelho e com a manga do paletó limpou o sangue morno que escorria no canto da boca. Seu Mário gritava segurando os braços do português mas seus gritos ecoavam como se fossem gritos de mulher! Uma luz forte iluminou o seu rosto sinalizando que dali em diante começaria o interrogatório. Aqueles homens nunca ficavam satisfeitos com suas respostas e começou a pensar que estivesse no inferno! Dentro dele uma voz ria que o pior ainda estava por vir... Logo viria o choque elétrico... a cadeira do dragão...

O helicóptero voou rasante e o homem saiu feito louco calçada afora até sumir na avenida Japão.

6

100% negro

O primeiro encontro dos jovens negros do bairro no galpão do AAA estava animado.

Com a visita de um representante do Movimento Negro da zona norte, discutiram pontos comuns de atuação e também a redação de uma nota em repúdio à violência de que fora vítima uma moça negra, ali presente, por um grupo racista de *skinheads*.

Como era de se esperar, a platéia era em sua maioria de negros. Os brancos na sala eram o padre, a doutora Marta Jezierski, especialista em prevenção e tratamento de drogados no ambulatório do Jaçaná, Russo, que dividia o trabalho voluntário com ela no AAA, e Tiago, que chegara com Cida um pouco depois de ter começado o evento.

No final da reunião, padre Zeca agradeceu a participação dos jovens nos trabalhos de sua paróquia e, em seguida, deixou em aberto para quem ainda quisesse falar.

Russo levantou a mão e dali mesmo, de onde estava sentado, falou:

— Sinceramente... Tem uma coisa que me incomoda um pouco, pessoal. — Padre Zeca, que conhecia bem Russo, ficou preocupado com o que ele iria dizer. — É essa coisa de "100% negro" estampada na camiseta de vocês...

"Pronto, agora ele vai entornar o caldo", pensou o vigário. E, tentando contornar o clima criado com a fala do encrenqueiro, interveio:

— Russo, é apenas uma camiseta, homem!

A doutora Marta, que conhecia os dois de longa data, sorriu e preparou-se para mais um debate. Sabia que quando começavam com aquilo a coisa ia longe.

Cida, que havia reconhecido o homem, interessou-se mais ainda por ele, pela maneira como o velho falava. Russo levantou-se e mostrou sua camiseta:

— Não, padre, não se trata apenas de uma camiseta! Já imaginaram se eu, ou se nós, que não somos negros, estivéssemos aqui nesta sala com nossas camisetas estampadas "100% branco"? Esse encontro não teria acontecido!

Os jovens militantes incomodaram-se um pouco com a fala do homem, até que uma voz suave, do fundo da sala, perguntou:

— Cem por cento branco, cem por cento negro, o que quer dizer? — era Tiago, vencendo a timidez.

Russo sorriu e, calmo como sempre, achou que tinha encontrado um bom exemplo ali mesmo naquela sala que poderia ajudá-lo. Apontando para Cida, falou:

— Me lembro de você... A gente se encontrou na lotação um outro dia, não foi? — a mocinha balançou a cabeça que sim. — E o rapaz, eu já conheço, é o nosso músico de plantão. Não é, padre? Cida e Tiago, vocês poderiam vir aqui à frente para ajudar a defender minha tese? — brincou.

Num gesto de desaprovação o padre coçou a nuca, temendo que aquele encontro não terminasse bem. Um pouco intimidados, logo o rapaz e a mocinha ficaram de mãos dadas, de frente para a platéia. Russo virou-se para o padre e disse:

— Padre Zeca, está aí um casal bonito, não acha? Não vai levar muito tempo e o senhor ainda vai fazer o casamento deles na sua paróquia. Não é, gente?

O padre riu meio sem jeito e o homem continuou:

— Pois bem, pessoal, se o Tiago fosse partidário dos "100% branco" e a Cida dos "100% negro", e ficassem cada

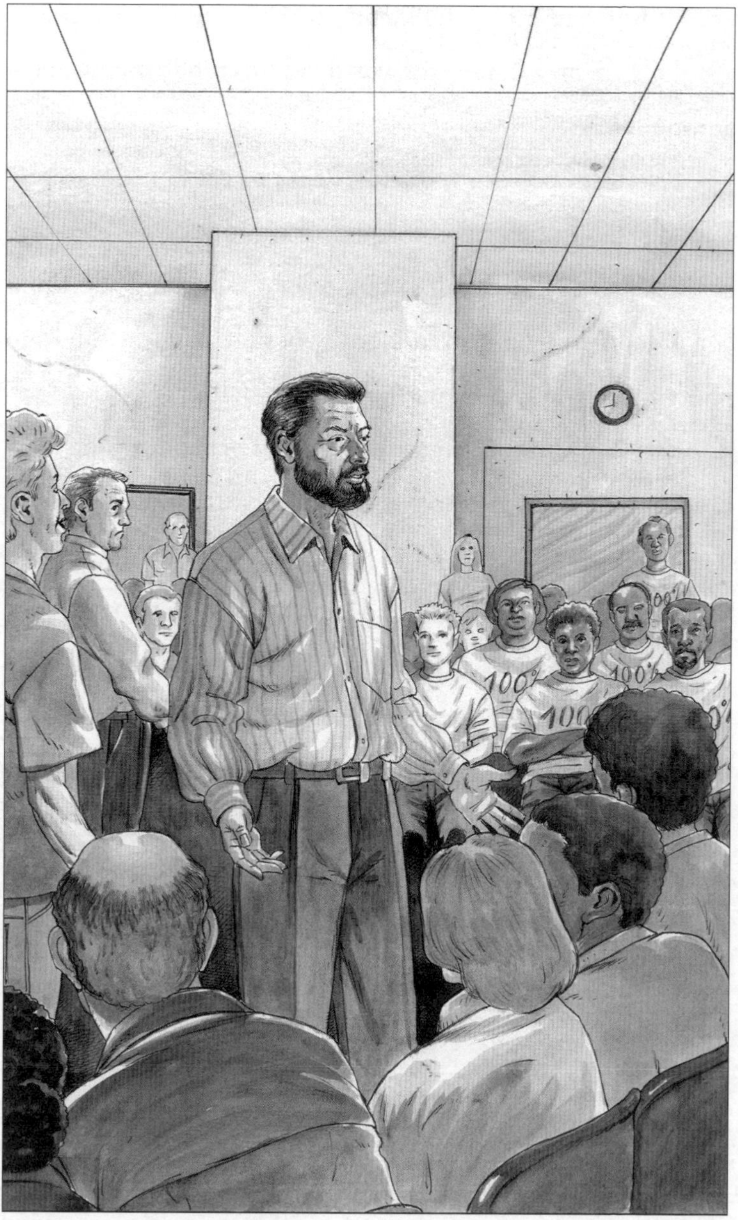
100%

qual do seu lado defendendo seu território, vocês acham que os dois estariam namorando? — Cida e Tiago por um instante morreram de vergonha com as besteiras do homem, mas logo passou. — Eu acho que não, pra mim estariam apartados...

Padre Zeca não gostava muito dessas intervenções e também achava que Russo às vezes atrapalhava o andamento dos trabalhos com seu radicalismo; mesmo assim deixou que falasse.

— O que eu quero dizer, pessoal, é que no Brasil a coisa é diferente... No Brasil, desde o tempo da colonização o preto ficou lavado e o branco tingido! Graças a Deus, não é, padre?, que aqui as raças se misturaram!

Para Russo, a luta dos negros pelos seus direitos não avançaria muito se não se aliassem a outras parcelas significativas da população brasileira.

— A questão do racismo no Brasil também passa pela fome! Da mesma maneira que a droga e a violência, que são questões hoje em dia globalizadas...

Cida escutava o velho Russo sem tirar os olhos dele. O homem tinha a voz calma, mas atormentada. Cada palavra parecia encerrar um sentimento de tristeza... Seu avô também era um homem angustiado, mas os dois eram bem diferentes. Seu Mário bebia tentando esquecer seus pecados, já o velho Russo falava pelos cotovelos como se quisesse segurar a vida em suas mãos... Cida divagava, mal escutando o que Russo dizia, era como se o velho a tivesse encantado.

— ...muitas vezes um negro chega ao poder e se torna parte da elite, vira branco! E o destino dessa elite todos nós sabemos, gente: é servir aos seus próprios interesses ao mesmo tempo que exclui da felicidade o nosso povo...

Para o padre, que conhecia bem a ansiedade de Russo, o homem extrapolara mais uma vez o debate ao misturar as questões. Mas, de qualquer maneira, alguma coisa tinha ficado de positivo no ar. Com a questão dos 100%, Russo conseguira chamar a atenção daqueles jovens para o racismo às avessas, que poderia afastá-los dos brancos pobres iguais a eles.

A doutora Marta ficou aliviada por não terem quebrado o pau ali na presença dos jovens. Quanto a Tiago e Cida, que pela primeira vez participavam de um evento daqueles, até gostaram de servir de cobaias para o Russo, aquele homem simples e apaixonado que falava de uma maneira especial sobre as coisas...

7

Leda

Na noite joanina o céu da periferia de São Paulo é de balões. Pelas ruas a molecada enlouquecida pula muros em busca do brinquedo em chamas pelos telhados. A quermesse da paróquia do padre Zeca já tinha começado. A música do serviço de alto-falante tocava forte, como se quisesse desligar as pessoas da vida difícil que levavam. Nivelada na fé e pelas promessas feitas ao santo, aquela gente confraternizava pescando peixinhos de cartolina na areia, dando tiros de cortiça em patinhos animados e contando terços em procissões. Mas somente quando chegava a estação das chuvas e suas misérias eram levadas pelas enchentes é que o melhor de sua humanidade se expressava.

O locutor da noite anunciava os atrativos da festa com sua voz metálica. Cida e Tiago, um pouco envergonhados, passeavam pelo pátio de mãos dadas e de vez em quando se protegiam do frio ao redor da fogueira. Como de costume, a programação musical da noite começava com Ângela Maria e Agnaldo Rayol cantando *Ave Maria no Morro*. Mas somente de entrada, que os mais moços não gostavam daquele tipo de música. Logo viriam o concurso de axé, para alimentar o sonho de Carla Perez das mocinhas, um pouco de *rap* para os mais anarquistas e muito pagode a noite toda para o pessoal romântico.

Da porta do barracão, Russo não tirava os olhos do casal de namorados.

Aqueles jovens haviam sido a inspiração da tarde e ele sabia por quê. Refletira-se nos dois como se estivesse diante do espelho do tempo, à procura de si mesmo. Muitos anos atrás ele também começara a namorar uma negrinha bonita, assim, com aquele mesmo jeito da Cida, já botando corpo e a coisa foi indo até se casar com ela. Por isso a brincadeira toda.

Quando conheceu Leda, Russo era um pouco mais velho que Tiago, sardento igual a ele. E Leda, bem parecida com a mocinha da lotação. Também tinha os dentes alvos e o narizinho de bolota, como ele costumava brincar... Hoje esses casais são comuns, mas há alguns anos, quando ele passeava com Leda pelas ruas, chamavam a atenção. E ainda mais que fora parar na Vila Maria, bairro de portugueses e de muitos italianos; italianos preconceituosos, incomodados com nordestinos em São Paulo, como se a cidade fosse deles... Ainda bem que era branco, um nordestino holandês namorando uma negra!

Também não tinha sido nada fácil para a família de Leda acostumar-se ao rapaz de cabelos de fogo e olhos claros cortejando a filha.

O mesmo aconteceu quando ele escreveu para a família dizendo que iria se casar com uma negra, que fossem logo se acostumando à idéia de terem netos mulatos. Aí sim, mestiço 100%, mistura de sangue de branco e de negro! A mãe empinara o nariz, mas o pai de Russo, que era comunista, até tinha comemorado: contanto que não esquecesse a militância política, para ele, estava ótimo... Eram anos difíceis e tinham ainda muitas tarefas pela frente. Precisavam pintar aquele horizonte cinza com o sol da democracia, para que a liberdade pudesse raiar para todos, como cantava a canção popular... "Mas esse dia a gente é que tem de fazer, filho! Nada na história vem de mão beijada; sem a história a gente não é nada... a gente não respira nem é capaz de amar..." Seu pai não vivera o suficiente para ver seu sonho ruir com a queda do Muro de Berlim; nem viu o muro da globalização dividindo a humanidade entre países ricos de um lado e pobres do outro. Morreu acreditando que a humanidade somente poderia ser feliz sob o socialismo.

Russo deixou a utopia do velho comunista de lado, mas por essa hora já havia perdido os namorados pelo pátio.

— A gente namora, mas você vai me prometer deixar a droga de lado, está bem?

Perante a atitude determinada da namorada, Tiago respondeu que estava legal, que ia tentar e coisa e tal... Cida, que não era de dar moleza, aproveitou a oportunidade e cercou-o mais ainda:

— Essa história de que seus pais se separaram não tem nada a ver, meu. Se fosse assim eu também já estaria drogada! Sou filha de mãe solteira, nunca conheci meu pai, perdi minha mãe no momento em que mais precisava dela e tenho um avô adotivo que só vive nos bares enchendo a cara... E aí?

— É? O seu Mário...

— Essa história minha mãe vinha me falando aos poucos... Na verdade meu avô adotou minha mãe. Meus verdadeiros avós, eu nunca soube deles...

Enquanto conversavam, Cida e Tiago não perceberam que estavam sendo seguidos. Eram os dois policiais de novo. Napoleão, querendo pegar os dois de surpresa, deixou cair sua mão pesada no ombro de Tiago. O rapaz assustou-se e puxou Cida para perto dele. Malicioso, como sempre, o Japa riu de boca cheia, deixando cair restos da pipoca pelos cantos da boca.

Tiago, receoso com o que lhes pudesse acontecer, pegou a namorada pelo braço e afastou-se mais ainda dos dois policiais. O Japa pôs-se à frente dos dois impedindo a passagem e, em seguida, ofereceu o saco de pipoca à mocinha. Mas foi obrigado a recolher o gesto quando uma voz rouca se intrometeu na zombaria:

— O que é que está acontecendo aí, pessoal? — perguntou Russo, que felizmente encontrara de novo os namorados.

Pondo-se ao lado do casal, acenou para o maquinista da roda-gigante e pediu que Tiago e Cida fossem dar uma volta.

Napoleão coçou o nariz e depois disse meio sem jeito:

— A gente estava só conversando com o casalzinho.

— É, não tinha nada demais, a gente só estava...

— ...se divertindo um pouco! — completou Russo para o Japa, que tirava milho do dente com a unha.

Lá de cima, antes de completar a primeira volta, Tiago e Cida observavam os homens conversando. Russo, numa atitude nada amistosa, postava-se como um cão de guarda à frente de Napoleão e de Japa, que tentavam em vão persuadi-lo a acreditar em suas justificativas.

Sob o céu escuro e estrelado os dois jovens se sentiram sozinhos. Os namorados não viram quando os dois policiais deram o fora nem quando Russo agradeceu ao maquinista pela ajuda. O mundo agora parecia bem maior para eles. Tiago descortinava a paisagem com o indicador, revelando à namorada vultos enfastiados arrastando-se por uma viela mal iluminada. Naquele momento, foguetes pipocaram arremessando rabichos de fogo sobre eles. Como o maquinista não liberava o freio da roda-gigante, Cida aproveitou e beijou Tiago. Era o primeiro beijo deles. Os corações palpitaram na hora e a visão turva dos namorados entreviu um cenário de pequenas nuvens correndo de cima a baixo, sobre um céu de um azul bem claro...

Na programação do serviço de alto-falante a batida surda do *rap* ganhou o ar. Cida achou melhor ir para casa; tinha algumas coisas para fazer e precisava se levantar bem cedo no outro dia para o trabalho da lotação. Na verdade, já passara da hora de buscar seu Mário na padaria e ela não queria que o namorado visse o avô de porre. Tiago não gostou muito. Cida marcou um encontro para o outro dia no mesmo lugar e se despediu.

Dali mesmo a mocinha subiu a avenida Japão à procura do avô. No caminho misturou o rosto de Tiago, iluminado pelos fogos, com o retrato de sua mãe. Logo em seguida foi a vez da imagem de dona Iraí se fundir com a cara do velho do barracão. "Mamãe, quando falava comigo, também me deixava cercada de palavras. Russo fala com as pessoas como se fossem seus alunos. Ou filhos", pensou.

Russo não tinha filhos. Sua maior riqueza eram os livros, que tomavam quase todo o quartinho, ao lado da cama de solteiro e de uma velha cômoda desnivelada que padre Zeca lhe dera para guardar tranqueiras. Mas desde que mudara para o barracão do AAA não lera mais nada. Nem sequer abrira os pacotes. Talvez já estivesse cansado da vida aprisionada aos livros. Bem que pensava, às vezes, se não seria melhor se tivesse se tornado num torcedor fanático, corintiano, palmeirense, são-paulino ou de qualquer outro time, se é que alguém pode viver simplesmente em função de uma bola. Mesmo assim, quem sabe não teria sido mais feliz...

Na verdade o homem queria tirar umas férias daquele lugar, mas, para o padre Zeca, Russo ainda tinha muito que fazer por ali. Mesmo não concordando com os pontos de vista do velho, que mais atrapalhavam do que ajudavam nas reuniões, padre Zeca não deixava aquele ateu espalhafatoso escapar de suas garras. Por sua vez, Russo achava que o padre precisava ter alguém por perto para reclamar das coisas. Aliás, era isso o que mais sabia fazer. Padre Zeca reclamava da quadra de jogos esburacada, dos pneus da velha ambulância que Russo nunca mandava arrumar, problemas que o velho continuava a empurrar com a barriga, em vez de pôr a mão na massa. De vez em quando Russo se esquentava e a conversa pegava fogo:

— Por que o senhor não pede dinheiro ao Vaticano pra tocar suas obras? O Papa, lá em Roma, está sentado em ouro, enquanto o senhor se afunda nessa periferia miserável! Padre, o senhor ainda nem terminou a torre de sua igreja!

O padre não se saía bem quando pegava Russo mal-humorado:

— Nós estamos perdendo a guerra para as drogas, Russo! — alertava o padre.

E o velho ateu, com sarcasmo:

— Nós, não, padre... Eu não tenho nada a ver com essa história... A Igreja é que ficou muito tempo do lado dos poderosos, essa é que é a verdade! Por isso que agora se desesperam, tentando diminuir o abismo que vocês mesmos criaram entre a Igreja e os pobres...

Nesses momentos em que o humor do velho ficava insuportável, padre Zeca ficava fulo da vida. Como se quisesse dar uma surra no amigo, agitava o punho cerrado na cara dele e depois saía do quarto fechando a porta atrás de si. Mas, lá pela noitinha, arrependido, o vigário voltava cordeiro ao barracão para ver se Russo não estava precisando de nada, ou para convidá-lo para um cafezinho com bolachas.

Padre Zeca era um ditador de batina. Aliás, batina era coisa que o padre nem usava mais. Somente quando precisava dar forma ao corpo franzino para fazer os sermões, ou melhor, seus discursos contra as injustiças sociais, é que o homem usava batina.

Russo era muito inquieto e mais cedo ou mais tarde escaparia de suas mãos. Seu Bonifácio tinha razão... Talvez precisasse arrumar uma companheira antes que aquele buraco lhe consumisse os dias e as noites.

Mas o que Russo precisava mesmo era de uma folga, mudar um pouco de ar. E já fora convidado a sentar praça em outro lugar! Tinha até um outro barracão esperando por ele... Era só recompor o pinho-de-riga, envernizá-lo, tirar a ferrugem da latrina e azeitar a clarabóia para que o sol pudesse entrar ali nos dias de inverno de Paranapiacaba. Se tivesse dinheiro para a reforma da casa, teria a visão da torre da antiga estação coberta pela névoa fria da serra, com seu relógio inglês, que havia muito não marcava horas. Mas seria largar um navio e afundar-se em outro; preso à cremalheira, Russo já não escaparia à roda dentada do destino.

O trabalho que ele e a doutora Marta desenvolviam com drogados no Jardim Brasil era infindável, mas gratificante. Luta por vezes inglória de quem já sabia estar derrotado desde o início, desde o primeiro momento em que aparecia um infeliz daqueles procurando ajuda. No início, o paciente tinha um tratamento ambulatorial acompanhado de terapia em grupo. Mas, dependendo do estágio em que se encontrava, o drogado, em troca dos cuidados que recebia, comprometia-se a participar de trabalhos comunitários, como ajudar a polícia na segurança das escolas ou juntar-se à ronda dos pais, buscando filhos no colégio à noite. Com essa pequena participação o paciente começava a desenvolver a auto-estima, ao mesmo tempo que criava certos laços de solidariedade e importância na comunidade.

A noite estava longe de acabar e Russo ainda convidaria o padre para provar um quentão na barraca de pastel do Severino, um beato puxador de reza. Mas antes disso lavaria o cansaço do corpo, pegando uma ducha bem quente no banheiro da casa do padre Zeca. Entrou no quarto para pegar a toalha que estendera pela manhã no postigo e, sem saber por quê, abriu a gaveta da cômoda e tirou uma caixa onde guardava documentos.

Sentou-se na cama e aos poucos foi revirando fotos amareladas em meio a alguns papéis bolorentos. Espalhou primeiro as fotografias maiores no lençol e numa segunda fileira acima, as menores. Para Russo, que nunca fora de tirar retratos nem de pregá-los em álbum, uma foto era um artifício que as pessoas usavam na tentativa vã de impedir o fluxo do tempo. Eram poucas as que haviam sobrado, mas em quase todas Russo aparecia ao lado de Leda. Ali não tinha nenhum registro de sua infância, e quanto às fotos do casamento, essas, Leda queimara para protegê-lo da polícia, enquanto ela vivia na clandestinidade. Entre outros papéis pegou um que estava dobrado em quatro e abriu. Era um cartaz com fotografias de pessoas procuradas pelo regime militar no final dos anos sessenta. Entre aqueles rostos estava o de Leda.

Naquele tempo ele mesmo escolhera como tarefa arrancar ou rasurar aqueles cartazes que ficavam em lugares estratégicos pela cidade. Não suportava ver sua mulher sendo procurada como assaltante de banco e terrorista perigosa. Mas Leda era teimosa. Não sabia quando parar. A CIA já tinha matado o Che nas selvas bolivianas, Marighela, o delegado Fleury já tinha dado cabo dele em São Paulo, e Lamarca, a Oban e o Exército já haviam acertado contas com ele no sertão da Bahia. Mesmo com os líderes mais significativos do movimento guerrilheiro assassinados, ela ainda continuava acreditando que poderia acender a chama de sua utopia, de sua revolução tão sonhada...

Pensou em rasgar o cartaz, mas resolveu pregá-lo na parede do quarto. Deixaria ali para aumentar sua raiva. Por sua teimosia, Leda o privara de seu amor e do filho que nunca viu nascer. Levou um pequeno retrato de Leda à boca e os olhos se encheram de água. Pela primeira vez perguntou a si mesmo de quanto tempo ele ainda precisaria para se libertar dela...

8

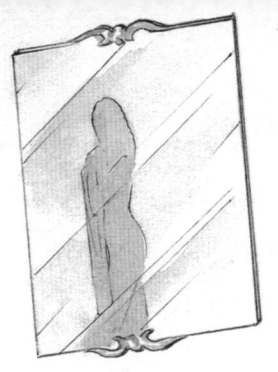

Uma negrinha espevitada

Cida botou o avô para dormir e saiu de novo. Não era tão tarde assim quanto imaginava e ainda dava tempo para se certificar de uma coisa bulindo em sua cabeça.

Desceu a Roland Garros e parou um instante na esquina da Benfica, em frente à peixaria. O quarteirão era mal iluminado, mas dali de onde estava dava para observar bem o movimento dos estudantes na saída do supletivo. Depois da espera paciente Cida viu quando Tiago se aproximou de um outro rapaz que estava embaixo de uma árvore ao lado do muro de uma fábrica abandonada.

— É oferta, cara! Você oferece cinco pedras pelo preço de quatro, entendeu? Moleza, mano...

— Tudo bem...

Escondida atrás do poste a mocinha viu quando o namorado guardou o pequeno embrulho na jaqueta. Cida esperou que o traficante passasse e em seguida atravessou a rua. Tiago assustou-se quando viu a namorada, bem ali à sua frente, com a mão estirada, esperando que lhe entregasse a droga.

— Não é nada, Cida.

— Mentira, eu vi!

Tiago quis abraçá-la, mas Cida deu-lhe um empurrão e ele caiu sentado na calçada. O rapaz levantou-se batendo a poeira da calça e a mocinha botou o indicador na cara dele e falou:

— Você não tem vergonha, meu! Outro dia quase me dei mal defendendo você na rua, mas parece que isso não significou nada pra você, Tiago!... O que foi que a gente acabou de conversar, há pouco na quermesse? Dando a maior força pra você e você me apronta uma dessas?

— Estava precisando de uma grana...

— O Bergamini está precisando de empacotador. Vai dar um trampo lá, meu!

O rapaz, meio envergonhado, entregou o embrulho. Sem pensar duas vezes Cida jogou as pedras de crack por cima do muro. O traficante, que acompanhava o lance do outro lado da esquina, gritou:

— Mina maluca, meu! — em seguida escalou o muro da fábrica e sumiu na escuridão à procura do bagulho.

...

Um outro dia, diante do espelho, Cida lembrou-se da história dos 100% de Russo, na reunião no AAA.

Virou-se de lado e brincou:

— Bunda arrebitada: 100% de negra!

Lembrou-se do livro *A cor da ternura*, que sua mãe lhe havia dado de presente no seu aniversário, no momento em que a negrinha da história descobriu dois caroços de milho dolorosos crescendo em seus seios. Igual à mocinha da história, ela também se tornara mulher quase da noite para o dia. Só que com mais dificuldades, pois a vida não lhe dera muito tempo para se preocupar com isso. Tinha o trabalho duro da lotação, a bebedeira do avô e as saudades, que eram muitas, de sua mãe. Tudo isso a fizera amadurecer por dentro, antes mesmo do corpo. Mas que ela tinha seios fortes com dois caroços de milho bem cheios para branquinha nenhuma botar defeito, ah, isso, ela tinha! Chegou-se mais para o espelho e observou os olhos grandes e amendoados. Tinha os olhos tristes; bonitos, mas tristes, de negro. Espalmou as mãos e viu quanto eram finas, com dedos delicados... Viu os lábios grossos se aproximarem do espelho e também como os dentes alvos como açúcar morderam os lábios de Tiago... O que ela queria mais? Passou as mãos pelos cabelos de bombril: 100% negro!, que rastafári ou alisamentos davam muito trabalho...

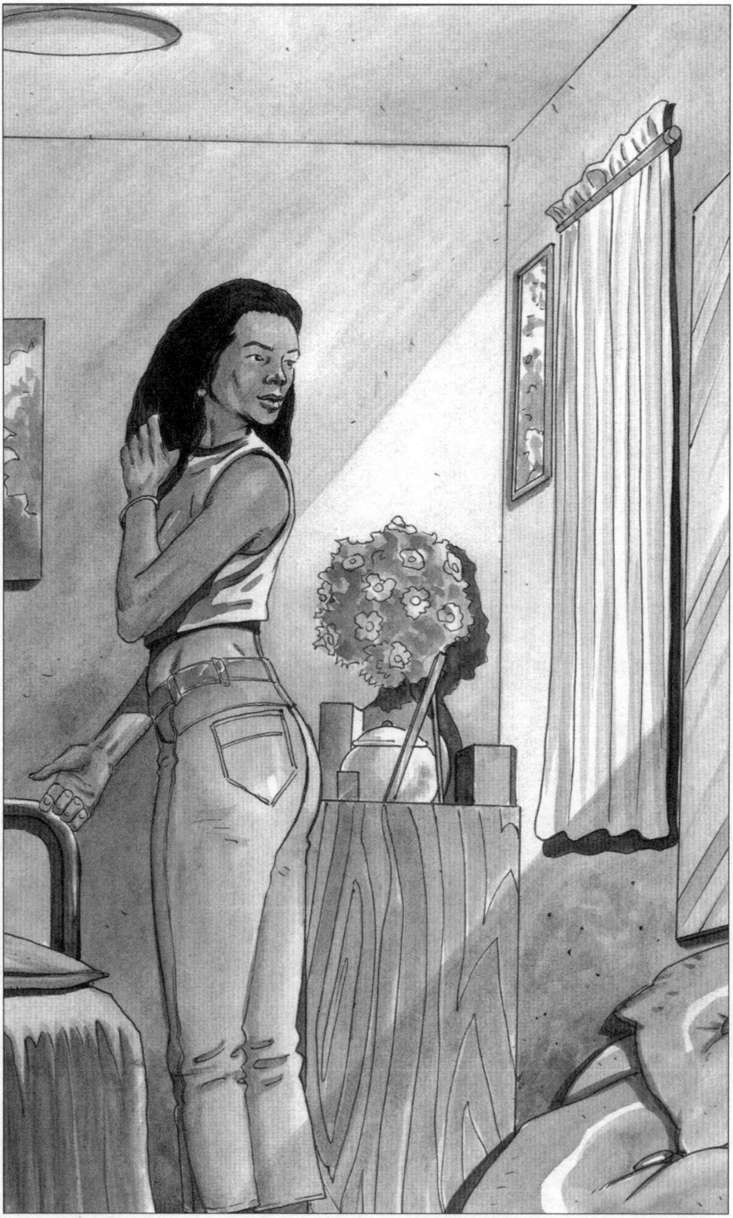

Cida penteou os cabelos, puxou-os com o pente de madeira e fez um coque. Estava bonita, era hora de se vestir para levar o avô ao AAA.

Na saída, sua mãe lhe sorriu:

— Negrinha espevitada!...

Na rua, chamaram a atenção dos vizinhos: o velho Mário sóbrio e ela, uma moça graciosa e contente, uma negra orgulhosa de si mesma.

Já havia conseguido que o namorado se desviasse da droga e agora chegara a vez de seu avô largar da cachaça. Ela também já não recortava fotos dos jornais para colar no caderno e até resolvera voltar a estudar no ano seguinte. Quase sambando no salto alto do tamanco, naquela manhã a negrinha estava feliz. Mostrando responsabilidade, até pedira a uma amiga para rendê-la no trabalho; tinha umas coisas de família para resolver e assumiria o posto de cobradora na lotação um pouco mais tarde.

Com o correr dos dias, ela terminava o turno e em vez de ir em direção à padaria, passava na igreja para pegar o avô. Não era sempre que isso acontecia, às vezes o velho tinha uma recaída. Mas ficava alegre quando encontrava seu Mário e Russo juntos, fazendo reparos no muro da igreja, tapando buracos na quadra de esportes ou conversando bem animados.

Os dois tinham quase a mesma idade e Russo parecia estar contente com o braço direito que arrumara. Não fosse a crise por que seu Mário passava quase todos os dias, poderia dizer que o avô se curava rapidamente. Seu Mário ainda ouvia vozes e por vezes tinha reações como se tivesse maleita. Tremendo mais que vara verde, o homem esbugalhava os olhos como se estivesse enxergando coisas. A doutora Marta achava o caso de seu Mário especial e por isso trabalhava em duas frentes: além da terapia em grupo, nesse primeiro momento, para ela, o tratamento químico também era imprescindível. Mas Russo, como sempre, aprontava das suas... Quando a coisa apertava e se via sozinho com seu Mário, ele administrava logo uma boa dose de conhaque e o homem aos poucos se acalmava. Russo tinha tido algumas brigas com a doutora por causa disso. Ela lhe dizia que uma gota de álcool que ele tomasse arruinava todo o trabalho. Mas a verdade é que a companhia de Russo fizera bem ao tenente, o que ajudava em muito o tratamento.

À medida que seu Mário melhorava, ele próprio escolhia a próxima tarefa, como complemento da terapia. O homem queria sentir-se ocupado o tempo todo e Russo, preguiçoso como sempre, não gostava nem um pouco disso: seu Mário, que conhecia bem de mecânica e já havia arrumado a parte elétrica da ambulância, agora se preparava para raspar a pintura!...

— Esse troço vai virar um foguete! Você vai ver, Russo — dizia animado. E antes mesmo que terminasse o trabalho ele já começava a dar nos nervos de Russo com sua nova preocupação: — Tiro uma parte da minha aposentadoria e dou de entrada em quatro pneus novinhos... O que você acha?

— Eu não acho nada, o dinheiro é seu!

Já padre Zeca, quando não tinha o que fazer na paróquia, xeretava. Usando a disposição de seu Mário contra a morosidade de Russo, inventava novas tarefas. Quando isso acontecia Russo esperneava e tocava o padre de volta à sacristia. Seu Mário ria do relacionamento dos dois e compreendia quanto se gostavam. Deviam ter algumas dívidas um com o outro, no passado, para viverem assim, digladiando-se e confraternizando logo depois.

9

Um dia de cão

O sinal fanhoso do PX soou e o motorista da van diminuiu a velocidade.

— E aí, Pernalonga, tem um movimento estranho na parada! Câmbio!...

— Aí meu truta, pode falar! Câmbio!...

—Tem uma perua azul no teu encalço, mano... Desde o Jaçanã! E não é a fiscalização... Câmbio!...

— Tô ligado, truta! Vou desligar!

Na primeira oportunidade, o motorista encostou o carro e falou para os passageiros que o pneu tinha furado.

— Quem já pagou, neguinha, devolve a grana...

Enquanto os passageiros desciam atrapalhados com a chuva, Pernalonga aproveitou e pegou uma valise embaixo do banco. Muito nervoso, o homem gritou para a mocinha passar para o banco da frente. Sem saber direito o que estava acontecendo, dessa vez Cida não discutiu com ele, estava metida numa encrenca e não sabia bem o que fazer naquele momento.

Procurando pelo retrovisor a perua azul que o olheiro tinha falado, nem bem a mocinha bateu a porta, o motorista arrancou. Segurando o volante com uma arma na mão, Pernalonga falou quase gritando:

— Olhe aqui, neguinha! Não tenho tempo pra te dar explicação... Tá vendo essa mala? — Assustada a mocinha fez que sim com a cabeça. — Na próxima parada que eu fizer você aproveita e some com ela, entendeu?

Logo atrás, Do Queijo e um comparsa esperavam a oportunidade de fechar a van pela contramão. Mas não foi preciso, pois o semáforo da esquina da Júlio Buono, em frente ao Bradesco, fechou. Aproveitando a situação, os dois bandidos abandonaram a perua e desceram a avenida, armados. Acompanhando o movimento pelo retrovisor, Pernalonga abriu a porta e empurrou a cobradora com a valise para fora do veículo. Em seguida esperou que os dois homens chegassem mais perto e desceu da perua atirando.

Cida ouviu o tiroteio, mas nem olhou para trás. Arrastando a maleta pela calçada do supermercado pegou a primeira ruela que encontrou pela frente e sumiu.

Num instante o lugar se encheu de gente.

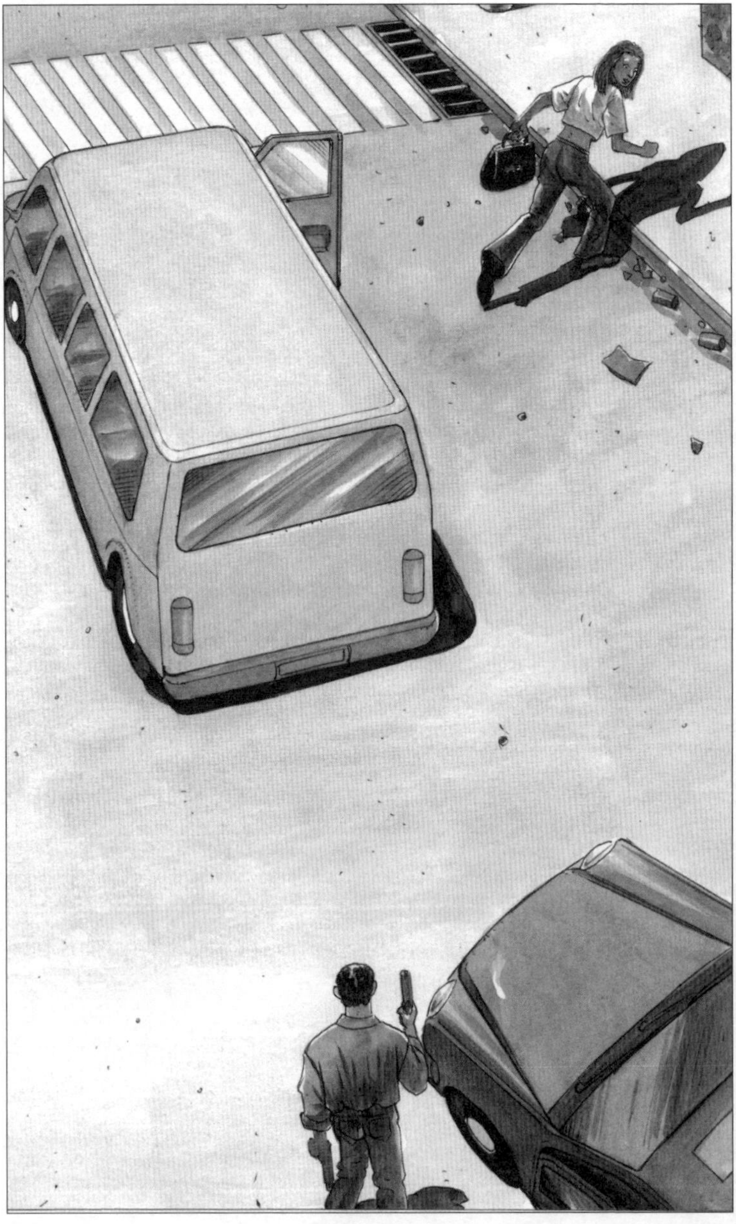

Era uma quinta-feira e o Tamanduateí inundava ruas na Mooca, ao mesmo tempo em que o vale do Anhangabaú recebia o seu rio de volta. O Tietê, castigado pela chuva teimosa, resolvia mais uma vez fechar o tempo na zona norte. Somente o metrô andava naquele dia e, mesmo assim, com lentidão. Para complicar, perueiros impediam o trânsito no centro da cidade, e, pela TV, a prefeita e o governador trocavam farpas, cada qual responsabilizando o outro pelo drama do paulistano. Com São Paulo alagada, as pessoas viviam mais um dia de cão!

Enquanto isso, no Jardim Brasil, a chuva forte salpicava três corpos estirados no asfalto.

Naquele mesmo dia, depois que viu o noticiário na TV, o avô insistiu mais uma vez que Cida deixasse o trabalho de cobradora na lotação.

— Eu sei, netinha, que tem muita gente honesta querendo trabalhar com lotação. Mas nem sempre a gente sabe com quem está contando quando entra numa. Tem muito bandido misturado com gente decente nesse negócio!...

No outro dia bem cedo, Cida resolveu ir ao ponto final das lotações para ver como é que estavam as coisas. Pernalonga e os dois homens da perua azul tinham-se matado, e com certeza não demoraria muito para alguém aparecer cobrando a mala.

Alguma coisa de ruim estava por trás daquilo tudo e ela não queria se envolver mais do que já fora obrigada. Quanto mais cedo pudesse se safar daquela situação, melhor seria. Mas, naquele momento, o que mais queria era voltar ao trabalho...

Quando chegou ao ponto do Jaçanã, Jaime, um senhor que coordenava o horário das lotações, chamou Cida de lado e, fingindo anotar alguma coisa na prancheta, falou baixinho:

— A melhor coisa que você tem a fazer, menina, é sumir por alguns dias até que as coisas voltem ao normal, entendeu?

Cida, intrigada com a maneira como o homem falou, protestou:

— Mas eu preciso trabalhar...

O homem impacientou-se um pouco, pegou-a pelo braço e os dois se afastaram dali.

— Escuta, garota! Hoje mesmo passou um cara por aqui pedindo o teu endereço, entendeu? Não me põe nesse rolo que eu não tenho nada a ver com isso... — dizendo isso apertou o braço de Cida e, meio nervoso, falou baixinho em sua orelha: — Então vê se te manda, tá legal?

Cida compreendeu a situação e saiu apressada do lugar sem ao menos olhar para trás. O homem coçou a cabeça e falou consigo mesmo:

— Neguinha teimosa, mano!...

10

Um presente de grego?

No domingo o despertador jogou o padre para fora da cama. Não precisava dormir muito para recompor as energias, mas naquele dia se ele pudesse iria até às tantas.

Antes de lavar a cara e escovar os dentes, a primeira coisa que fazia era olhar o tempo pelo postigo do banheiro. Em seguida corria o olhar pelo pátio para ver se não tinham roubado a ambulância. Também, sem os pneus, quem é que teria a coragem de levar aquela tralha embora? Mas, ao aproximar-se da janela, o padre viu três sacolas do supermercado Bergamini amarradas com barbante colorido, jogadas no box do banheiro. Pegou uma delas e viu que estava pesada. No caminho para o trabalho, alguém devia ter jogado pelo postigo sem vidro a doação do mês: um saco de feijão ou um quilo de açúcar para os necessitados! Foi o que pensou... Mas logo no banheiro do padre? Meio desconfiado, enquanto fazia o primeiro pipi do dia, ocorreu-lhe que aquilo poderia ser uma bomba!...

Não, não era uma bomba. Se fosse, ela já teria explodido com ele. E depois, quem se atreveria naquela comunidade a ser inimigo do padre?... Ele mesmo respondeu: "Muita gente!" No mundo violento de hoje nem mesmo padres escapam à sanha dos malfeitores! Aliás, isso não era novidade para ninguém. O coração bateu forte e enquanto abotoava a braguilha do pijama entregou seus temores a Deus, afinal, é o que todo padre faz quando se acha em tormento.

Sem tirar os olhos das sacolas passou uma água na cara e depois gargarejou a espuma do creme dental. De qualquer maneira mais cedo ou mais tarde alguém poria a mão na cumbuca para ver o que tinha lá dentro. E esse alguém seria ele... Padre Zeca desamarrou o barbante e sacudiu uma sacola ali mesmo no piso do banheiro: enrolado num jornal, maços de dinheiro esparramaram-se pelo chão.

Era dinheiro estrangeiro... Dólares! O padre amarelou e depois do sinal-da-cruz colocou tudo de volta na sacola. Assustado com o presente inusitado decidiu acordar Russo. O dia ainda não havia clareado e até o barracão era um pulo só. Traspassou o roupão e fez a aventura sem que ninguém percebesse.

Russo quase bocejou na cara do padre, que logo fechou a porta atrás de si. Padre Zeca sabia que Russo iria ficar malhumorado o resto do dia, por ter acordado cedo e ainda por cima no domingo. Mas não tinha a quem recorrer naquela situação! Telefonar à polícia? Não, enquanto não contasse do estranho presente ao amigo, ele não tomaria nenhuma atitude... Mesmo porque Russo sabia mais das coisas do mundo do que ele!

Derramou o dinheiro da sacola sobre o velho, que já estava de novo embaixo do cobertor, e esperou que reagisse.

Russo levantou-se sobressaltado:

— Filho da mãe, padre!

— Cale a boca, miserável! — disse, tampando a boca de Russo.

— Desculpe, padre, mas que diabo é isso?

Parecendo um menino, Russo batia um maço de notas contra outro e cheirava as cédulas como se fossem flores. Não querendo perder mais tempo, o padre insistia perguntando ao amigo quanto dinheiro tinham ali em mãos...

— São pacotes de 50 dólares, de 10 e outros... de 100, padre! Isto aqui, na nossa moeda, deve ser muito mais que 100 mil reais, homem! Muito mais!

O padre contou como havia encontrado as sacolas e depois perguntou ainda mais baixinho se não seria melhor entregar o dinheiro à polícia...

— Mas padre! O senhor recebe um presente de Deus e quer entregá-lo ao diabo?

— Não é hora de brincar, Russo! — disse, esfregando as mãos ainda nervoso. — Na verdade isso está me parecendo mais um presente de grego... Eu só queria saber quem teria jogado esse dinheiro todo pela janela do banheiro!

Russo, cínico como sempre:

— Um anjo, padre! Só pode ter sido um anjo dos céus!

O padre atrapalhou-se um pouco e, sem saber o que decidir naquele momento, olhou para o relógio e falou:

— Russo, a gente fala disso tudo depois da missa! Está bem?

— Está bem, padre, está bem... Vá com Deus! Pode rezar sua missa que eu cuido aqui do nosso pecado! Vá, vá...

Padre Zeca fechou a porta com cuidado e antes de sair pôs o indicador sobre os lábios, pedindo silêncio ao amigo sobre o fato.

Russo ficou sozinho com o dinheiro e logo pensou numa maneira de gastá-lo: visitaria outra vez a Europa... Pronto! Veneza, Veneza principalmente, por ser uma cidade onde não

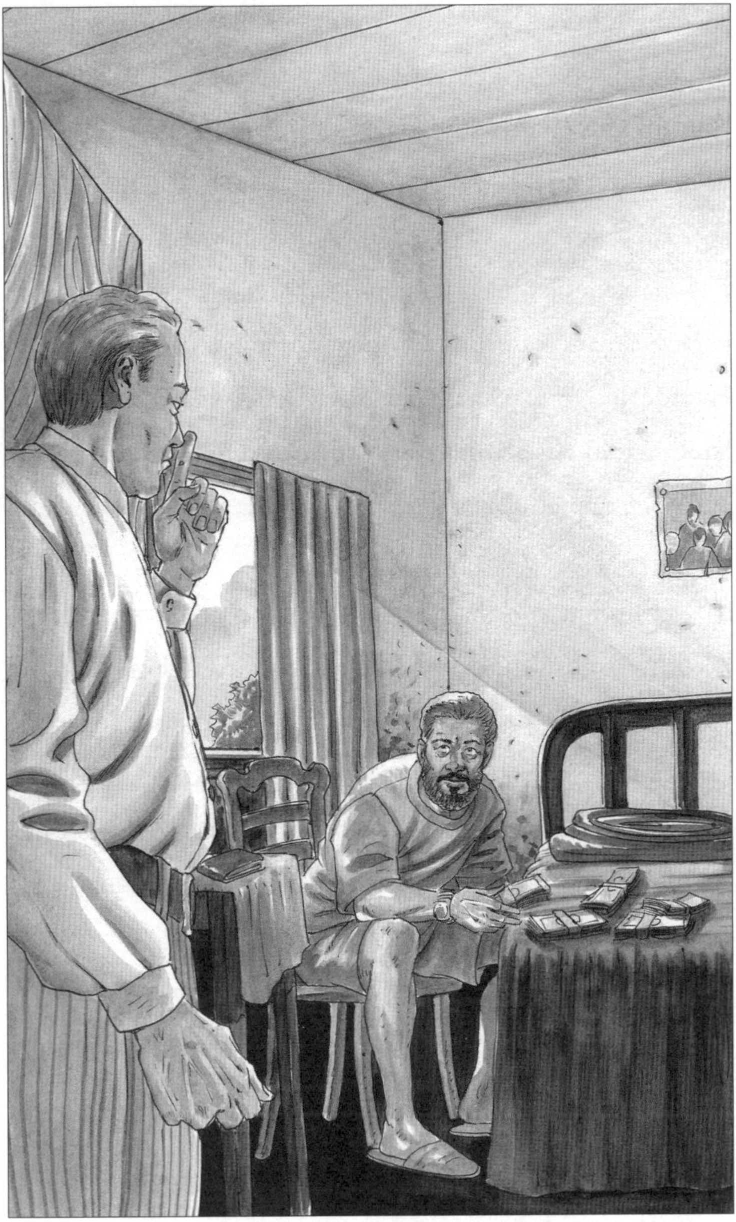

se viam carros... Suas águas escuras cheiravam mal, mas ele não se importaria com isso. A cor alaranjada da cidade faria bem aos seus olhos. Mas teria de ser no outono para ver o pôr-do-sol em Murano, ao lado de uma namorada italiana, uma *ragazza*!... Ah, que ele faria uma boa farra com aquele dinheiro, ele faria... Mas também não precisava ir muito longe para arrumar casamento... Quem sabe agora não fosse ao Rio Grande do Norte para ver sua mãe? Depois que contou os dólares guardou as sacolas sob o colchão. De agora em diante não poderia mais dar moleza com a chave; poderiam roubar o seu tesouro...

Enrolou a toalha de banho no pescoço e com a escova de dentes na mão perambulou pelo pátio. Olhou tudo em volta, respirou o ar fresco da manhã e viu, como se fosse pela primeira vez, que a igreja do padre Zeca não tinha torre e por isso o sino não tocava para acordar os fiéis. Mas o diabo é que eles nunca se atrasavam para as suas obrigações. Somente não entendia como aquela gente ansiosa depositava a salvação de suas almas nas mãos de um vigário tão ranzinza como aquele. Quando cantavam, pareciam um bando de loucos, com padre Zeca na frente lhes mostrando o caminho dos céus!

Como um cachorro malcuidado Russo parou na porta da igreja e viu quanto aquele rebanho era feliz ao lado do seu pastor. As migalhas que o padre lhes dava na missa eram o maná que precisavam para enfrentar as dificuldades da vida. Durante a semana todos se corrompiam de novo pelas coisas do mundo e, quando chegava outra vez o domingo, lá estavam eles de novo na igreja se alimentando de fé. A verdade é que as pessoas eram felizes porque tinham quem as socorresse. Quanto a ele, mesmo tendo uma fortuna sob o colchão, não passava de um lobo solitário, de um ateu desvalido sem eira nem beira...

O padre, vendo-o ali bem pensativo, sem interromper o sermão acenou para que o homem entrasse, que participasse pelo menos uma vez do culto. Russo respondeu com a escova de dentes que não e foi tomar banho.

A missa ainda rolava quando Russo pegou o carrinho e resolveu ir à feira. A geladeira do padre estava uma lástima, sem ao menos uma alface para fazer a salada com tomate de que tanto gostava. Um pouco mais tarde, já de volta, sem esquecer um minuto do tesouro que havia ganho do padre, parou na barraca do japonês para tomar um caldo de cana com limão e comer um pastel de palmito. Enquanto esperava a fritura viu o mulato de *ray-ban*, o mesmo que socorrera outro dia na igreja, empurrar Cida contra a parede da casa de umbanda, na esquina da Sanatório. A menina, muito nervosa, tentava desvencilhar-se de Mané Cão, mas o homem a impedia toda vez que ela tentava escapar.

— Você tá destratando seu mano, neguinha... Eu vou perguntar mais uma vez: foi você quem pegou a mala, não foi?

— Pára!... Pára!... — gritou Cida. — Meu avô é tenente do exército, ouviu?

O mulato debochou:

— Quem? Aquele bebum?

O grito da mocinha chamou a atenção das pessoas mas elas não fizeram nada para o mulato parar de importuná-la. Russo abriu caminho entre a gente ao redor da cena e tocou o ombro de Mané.

— Amigo!

O bandido virou-se e abriu a jaqueta mostrando a arma na cintura. Sem se intimidar, Russo terminou:

— Acho bom deixar a menina em paz...

Mané Cão riu, virou-se para Cida e soltou o veneno:

— Pô, neguinha, você só tem esse tio aí, pra te valer? — e intimando o desafiante: — E aí, velhinho, vai encarar? — dizendo isso, colocou o pé atrás da perna de Russo e jogou-o ao chão.

Em seguida, apontando a arma para o velho, o bandido ameaçou:

— Olhe aqui, véio... Não te mato hoje porque você me ajudou quando precisei, tá ligado? Mas na próxima vez que a gente se cruzar de novo eu apago você, entendeu?

Guardou a arma e depois, sem medo da platéia que aumentava em torno, gritou:

— O que é pessoal? A barraca do japonês fica do outro lado, mano!

As pessoas aos poucos foram-se dispersando e Mané Cão aproveitou o embalo para sumir na feira. Cida ajudou Russo a levantar-se e ele, enquanto olhava o cotovelo arranhado, perguntou:

— O que é que ele queria com você, Cida?

— Não sei, Velho... Eu acho que ele me confundiu com alguém...

11

Violência, NÃO!

Na segunda-feira, bem cedo, quando o padre apareceu na porta da sacristia viu um movimento diferente no pátio. Russo mostrava a planta da igreja a um homem, enquanto outros dois preparavam andaimes na parede da torre inacabada.

Russo pediu ao pedreiro que tocasse a obra o mais rápido que pudesse e depois o apresentou ao padre, que já se aproximava do grupo.

— Não se esqueça do combinado. Só pago se ficar bom. Tudo bem?

— Pode deixar, seu Russo...

Padre Zeca puxou o amigo para o lado e perguntou se ele estava louco, se...

— Padre, o senhor esqueceu que a gente agora tem dinheiro?

O padre olhou desconfiado para os lados e depois falou baixinho:

— Mas esse dinheiro não é nosso, Russo!

— Nada disso, padre! Domingo, eu estava bem sossegado em meu quarto, quando o senhor entrou lá e me deu a grana de presente, se lembra? — perguntou, cínico.

— Eu não lhe dei nada de presente, Russo! Nada! A gente ficou de conversar sobre o que fazer. Arrumar um jeito...

— Como o senhor não apareceu pra conversar, aí eu decidi sozinho o que fazer com o...

— Que decidiu o quê, homem? Gastar o dinheiro que a gente nem sabe de onde veio?

Russo, vendo que o nervosismo do padre havia chamado a atenção dos homens, pegou-o pelo braço amigavelmente e levou-o de volta à sacristia. Na porta pôs a mão em seu ombro e retomou a conversa:

— Padre Zeca, o senhor tem muito que fazer aí, com os seus fiéis... Deixe que desse departamento cuido eu, está bem? — disse muito resolvido.

O padre não aceitou a fala do amigo e, querendo evitar um escândalo ali na frente dos pedreiros, antes de sair fez um gesto com a mão em direção a Russo, como se lhe dissesse para tomar cuidado, ou que, daquele momento em diante, ele não tinha mais nada a ver com aquilo. Russo sorriu confiante. Enquanto o vigário sumia pela porta, seu Mário chegava para a terapia, no AAA. Antes que entrasse no barracão Russo chamou o homem e disse:

— Seu Mário, o senhor não precisa mais gastar o dinheiro de sua aposentadoria pra comprar os pneus da ambulância. Pode deixar que a igreja recebeu uma doação e agora tudo vai ficar em dia por aqui.

O tenente olhou o relógio, disse que estava tudo bem e entrou no galpão com os outros pacientes. Naquele momento o caminhão que trazia o material para a construção da torre entrou no pátio. Enquanto os homens descarregavam os tijolos, Russo começou a justificar a si mesmo sua atitude: para ele não interessava saber a procedência daqueles dólares, mas que propósito o movia para que pudesse gastá-los. Uma coisa era certa: entregar à polícia, como queria o padre Zeca, jamais! Não que não tivesse gente honesta vestindo farda, mas todo mundo estava cansado de saber do conluio entre bandidos e policiais pelo Brasil afora. E nas comunidades miseráveis então, nem se fala! Entre bandidos safados de mãos dadas com policiais corruptos ficava o povo trabalhador, às voltas com a violência. Quanto a ele, passara a vida toda com simplicidade e não era agora que chegava aos sessenta que tomaria gosto pelo jeitinho safado de tanto brasileiro de sempre levar vantagem em tudo. Sentia-se mal quando, vez por outra, pensamentos egoístas lhe assolavam a mente, mas ao mesmo tempo sabia que seu altruísmo não iria deixar que se traísse. Depois que perdera a mulher nunca mais tinha se assentado em lugar nenhum e não seria o brilho do vil metal que mudaria sua vida agora. Por isso resolvera utilizar o dinheiro da melhor maneira possível, começando com a torre, depois com os pneus novos da ambulância e mais para a frente com a construção de uma creche, que era a menina-dos-olhos do padre. E, embora fosse ateu, achava bonito o sino tocando os fiéis às obrigações, mesmo que isso o incomodasse no domingo, que era o dia em que gostava de dormir até mais tarde, que ninguém era de ferro. Mas o danado do padre Zeca tinha razão; Russo ainda tinha muito que fazer e, se não fosse por ali, em qualquer lugar que chegasse terminaria sempre à disposição das pessoas, repetindo as mesmas coisas, agindo do mesmo jeito como se tivesse sido programado. Era essa a sua personalidade e já não havia tempo de se safar dela. Para ele, não importava quanta miséria poderia estar embutida naquele dinheiro, pois tinha certeza que faria bom uso do maldito sem que pegasse um centavo para si. De qualquer maneira, ainda tinha os trocados de sua aposentadoria.

...

Depois que largou o trabalho, Cida encontrou-se com Tiago na esquina da padaria. Em seguida comprou uns pães e convidou o namorado para tomar café em sua casa.

— Você sabia, Tiago, que todas as vezes que sinto o cheiro do pão saindo quentinho do forno, eu me lembro do meu avô, bêbado na padaria? Ele ficava logo ali, ó, atrás da cafeteira... A maioria das vezes, quando eu vinha buscar o velho na padaria, estava saindo uma fornada.

— É... Alguns meses atrás eu também estava me metendo numa fria — disse Tiago.

— É que você ainda estava descobrindo a droga, Tiago.

— Tive sorte de encontrar uma pretinha muito, mas muito mais interessante... É ou não é?

Os dois riram e ali mesmo no oitão da padaria se beijaram. E até chegarem em casa, aqui e acolá se abraçavam amassando os pães e os duzentos gramas de queijo prato que tinham comprado.

Seu Mário ainda não havia chegado a casa. Cida derramou uns ovos com tomate na frigideira e Tiago botou a mesa. Em seguida pediu ao namorado que olhasse a fritura e entrou no quarto para pegar uma toalha. Do porta-retratos, sobre a penteadeira, sua mãe devolveu-lhe o olhar com um sorriso muito estranho...

Ao tirar a camiseta viu pelo espelho Tiago entrar no quarto. Fingindo dificuldade para desabotoar o sutiã deixou que o namorado tentasse. Tiago não conseguiu, era a primeira vez que tirava uma peça íntima de uma mulher... Cida, vendo a dificuldade do namorado, girou o sutiã sobre o peito e ela mesma o desabotoou deixando-o cair sobre a cama. O rapaz ficou com as bochechas vermelhas quando ela se virou graciosamente para ele. Também era a primeira vez que via os seios de uma mulher, assim, ao alcance de suas mãos... Seus olhos brilharam e a negrinha aproveitando o momento tirou a camiseta dele e depois puxou o namorado sobre seu corpo, na cama.

— Ô negrinha, ou você cuida do fogão ou me dá um neto! — disse sua mãe, sorrindo na penteadeira.

Cida empurrou o namorado para fora da cama e correu espavorida à cozinha. Enquanto diminuía o fogo da frigideira, Tiago apareceu na porta da cozinha, tranqüilo, sorrindo para ela.

— Tiago, cuide aqui do mexido e depois esquente o leite, que vou tomar banho.

Era cedo ainda, tinha 13 anos, mas era ajuizada. Logo agora que tinha decidido voltar a estudar no próximo ano, não queria ficar como algumas amiguinhas do bairro que pegaram barriga e não se deram bem. Sabia que juízo nenhum segurava desejo, mas não queria se arrepender depois... Se acontecesse, como é que ela iria se virar sem a mãe para lhe dar uma força? Como as outras meninas que engravidaram, teria de deixar o trabalho e os estudos para cuidar da cria... Na verdade rapazes têm menos juízo que mocinhas e muitos deles não ligam para as conseqüências... Não, com ela e com Tiago isso não aconteceria! Ela era bem segura nessa questão e se tivesse que avançar o sinal seria em outras circunstâncias... Os dois ainda tinham muita coisa para fazer na vida e tomariam cuidado para que não lhes acontecesse o pior... Mas, pensando bem, havia uma maneira de resolver o problema: se tomasse um anticoncepcional, não engravidaria! E também poderia por precaução falar com Tiago para usar camisinha; mesmo porque sua mãe era muita nova para ser avó!

Depois do café resolveram ir até à igreja atrás do tenente Mário. Antes de chegarem à esquina da Ramiz Galvão, um fusca vermelho barulhento, que antes havia passado por eles, parou e deu ré. Sentindo alguma coisa estranha no ar, Cida puxou a mão de Tiago e gritou:

— Corre!

...

A primeira vez que o sacristão tocou o sino não foi para comemorar a construção da torre da igreja, mas para que os fiéis saíssem em protesto pelas ruas do Jardim Brasil. Embora

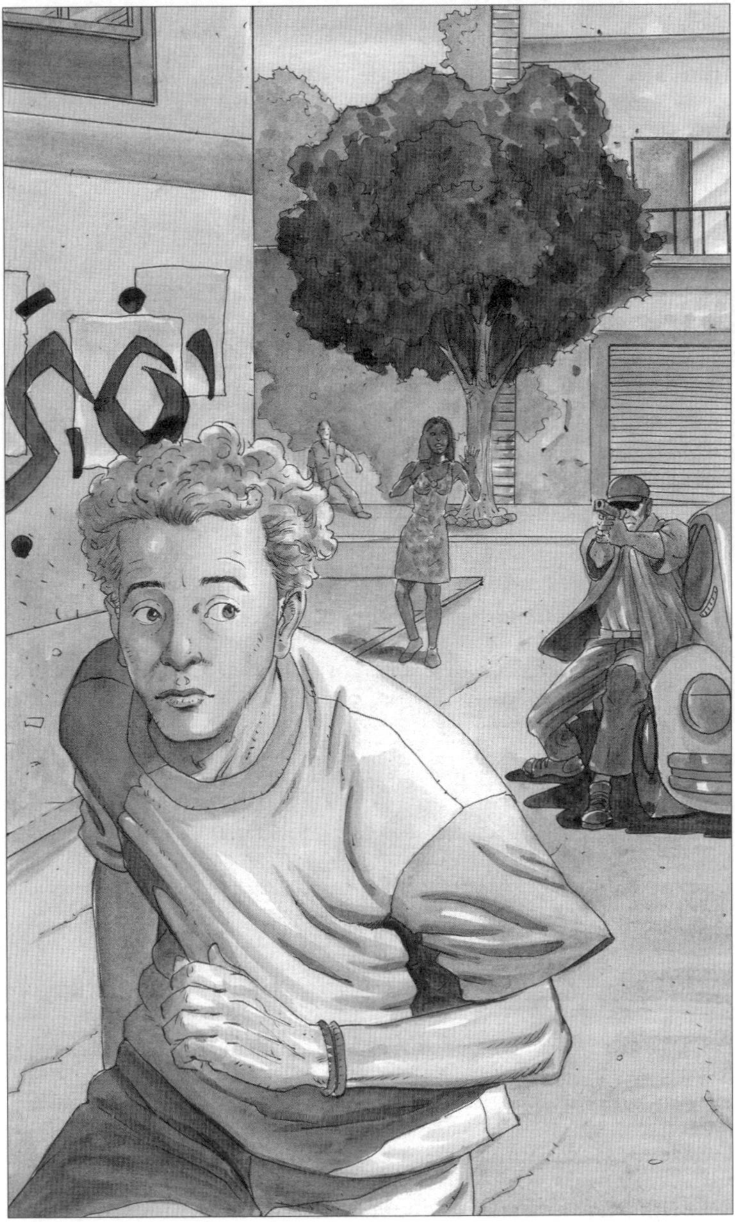

não faltassem carolas puxando terços, não se via nenhum andor carregado pelos fiéis naquela tarde de domingo. À frente do cortejo, jovens do Movimento Negro e da Liga Rap do bairro se integravam ao grupo de teatro da igreja, que representava aqui e acolá pequenas cenas pelas ruas. Manifestantes levantavam faixas e cartazes, gritando palavras de ordem contra a violência. Na primeira fileira da procissão, Russo caminhava ao lado do padre Zeca. Em seus ouvidos, *slogans* se misturavam a outros de muito tempo atrás, quando militava contra a ditadura militar.

— Padre, se lembra quando o tirei debaixo das patas do cavalo da polícia, ali na Ipiranga com a São João?

Padre Zeca fez que sim com a cabeça e continuou no coro:

Violência, NÃO!

Na segunda-feira à noite, quando seu Bonifácio viu na televisão da padaria a procissão do padre Zeca, apontou:

— Gente, olhe por onde anda o tenente Mário! O homem agora só reza!

Padre Zeca, depois que leu uma lista de pessoas mortas nos últimos meses no bairro, aproveitou a entrevista na TV para cobrar da polícia a investigação do atentado a Tiago e, principalmente, do assassinato de Renato, um menino negro de 16 anos que tinha sido fuzilado no pátio da escola onde estudava. Falou ainda do empobrecimento dos brasileiros e terminou cobrando das autoridades uma maior participação na luta contra a violência.

— A gente vinha pela Ramiz quando um cara baixo, usando um boné amarelo, desceu do carro atirando. Quando vi, Tiago estava no chão, sangrando, com um tiro na cabeça. Ainda bem que foi de raspão — disse Cida ao repórter.

O cinegrafista abriu o plano e mostrou Tiago com a cabeça enfaixada, na cama do hospital, segurando a mão da namorada. O velho Bonifácio, que não perdia uma, apontou para o aparelho de tevê e disse:

— Dessa vez o alemãozinho nasceu de novo!

12

Leda?!

— Encapuzados? — perguntou a escrivã tomando o depoimento de Tiago, dias depois de ele ter tido alta no hospital. — Meu filho, qualquer encapuzado se parece com outro!

— É que ele estava muito perto... — argumentou, puxando o olho direito com indicador: — Eu vi bem os olhos dele. Tinha olhos de japonês.

— Japonês é o que mais tem em São Paulo.

— Mas na polícia tem pouco — consertou Russo.

— Bom, então você acha que o cara do boné amarelo que atirou em você está mancomunado com o policial que matou o Renato?

Tiago disse que achava que sim e a escrivã, depois que terminou suas anotações, olhou para o Russo e falou:

— É o senhor que vai assinar um termo de responsabilidade pelo rapaz ou os pais dele?

— Meus pais são separados e minha mãe anda meio adoentada, por isso não veio — respondeu Tiago.

— Acho que vai ser o senhor mesmo. Sua identidade, por favor.

Russo pegou uma pequena agenda do bolso traseiro da calça, de dentro dela tirou um xerox todo amassado e entregou-o à escrivã.

— Pelo que vejo o senhor também é avesso a documentos. Este xerox está quase ilegível!

Ela digitou alguma coisa no computador e depois pediu o endereço de Russo.

— Eu moro num galpão... — disse, meio desconcertado.

— Num galpão?

— É... Na verdade num quartinho ao lado do galpão do AAA, na igreja do Jardim Brasil — sorriu.

Russo assinou uma cópia do documento e a escrivã disse que em breve o rapaz seria chamado para prestar um depoimento mais detalhado. O caso era complicado e antes disso precisavam de um tempo para fazer uma pesquisa sobre o tal policial japonês.

...

Uma semana depois, o grupo de teatro estava reunido no pátio, fazendo a leitura de uma peça, quando um carro da polícia parou em frente ao portão principal da igreja. Cida viu Napoleão e Japa descerem da viatura e logo segurou a mão do namorado. Naquele momento, o padre, a doutora Marta e Russo estavam no AAA discutindo o andamento dos trabalhos. Padre Zeca, vendo os policiais entrando no pátio, abandonou a reunião e foi receber os dois:

— Os senhores desejam alguma coisa?

Napoleão apresentou o parceiro, e o padre, mostrando-se ansioso, retomou a fala:

— É que nós estamos numa reunião de trabalho...

Napoleão, com aquele jeito tranqüilo de sempre, não deixou o padre terminar:

— Calma, padre, calma! É apenas uma visita de rotina... E depois, quem não deve não teme — disse, olhando para o Japa. — É ou não é, padre?

— Meu filho, somente temo a Deus!

Seu Mário deixou de fazer o reparo no carburador da ambulância e aproximou-se do grupo, limpando as mãos numa estopa. Russo já se havia colocado ao lado do padre e a doutora Marta preferiu ver a cena pela janela.

— Sabe o que é, padre? É que em todo rebanho tem sempre uma ovelha negra pra atrapalhar — disse isso passando o olhar pelo grupo de jovens como se procurasse alguém. — E, não sei se o senhor sabe, mas aquele rapazinho ali — apontando Tiago —, parecendo um cordeiro no meio da moçada, anda metido nas drogas, padre. O senhor com essa meninada tão sadia devia-se preocupar em não deixar que más companhias estragassem o resto do rebanho... É ou não é?

Padre Zeca, um pouco irritado, respondeu:

— Seu Lampião...

— Lampião não, padre, Napoleão! Aliás, Napoleão foi o nome que os bandidos do bairro me deram. Eles me respeitam, sabe, padre?

— Bom, Lampião e Napoleão são dois nomes bem parecidos. Aliás, bem que os dois gostavam de uma briguinha... — e usando o cacoete do policial: — É ou não é?

Russo segurou o riso e sem que os policiais percebessem, olhou para Cida e fez um gesto com a cabeça. Cida compreendeu o que ele queria que fizessem e sem perder mais tempo levou o namorado para dentro da igreja. Japa percebeu o movimento e como não podia fazer nada riscou o cimentado com a botina. Napoleão, que parecia ter perdido o rumo da conversa, olhou em volta e atacou:

— Sabe, padre, o exemplo deve partir da gente mesmo... Não é que eu queira responsabilizar o senhor, mas... mês passado seu pessoal deu guarida a bandidos aqui mesmo dentro da igreja! Não sei se isso está certo, mas tiraram até bala da perna de traficante...

95

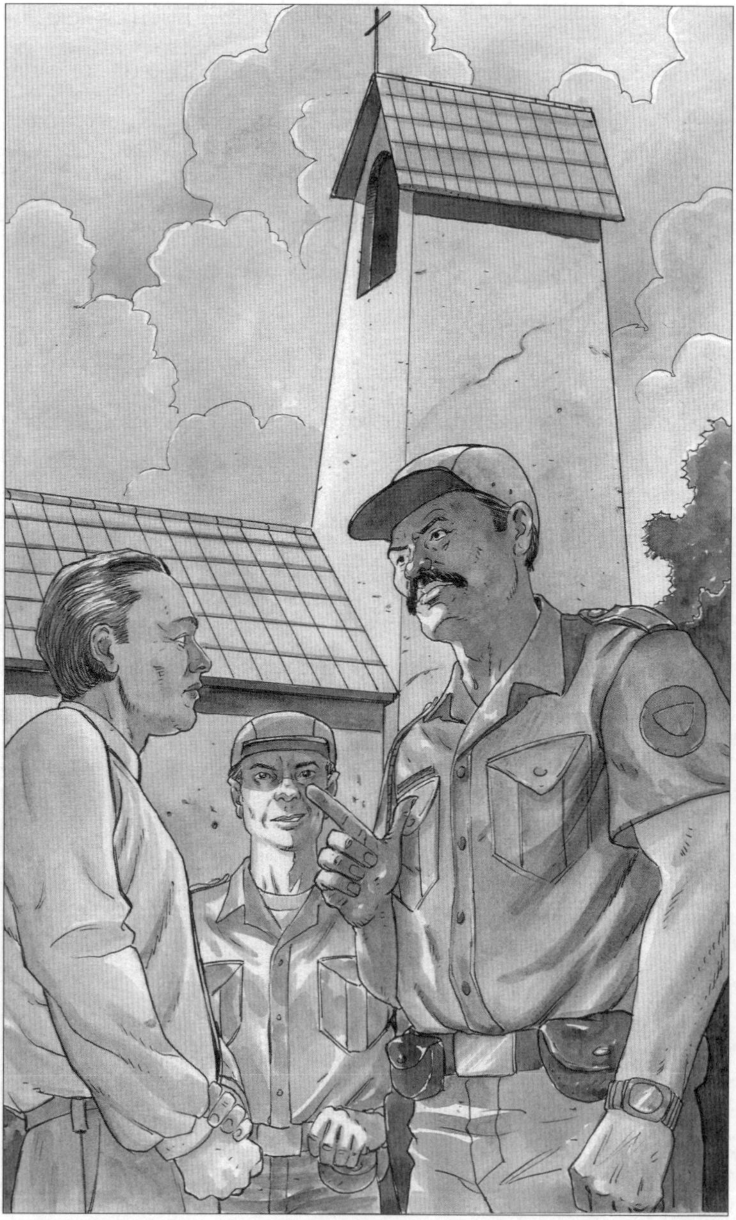

— Sabe, seu Napoleão, todos nós somos filhos de Deus... Até mesmo o senhor, que Deus o guarde, se qualquer dia desses precisar de ajuda e não tiver para onde ir, pode bater na porta que o meu pessoal não vai deixar o senhor na mão...

Napoleão cravou os olhos no padre e depois se virou para o Japa, como se dissesse que o tempo se esgotara para eles ali. Com fôlego ainda falou:

— Então, padre... Quer dizer que o senhor não faz diferença entre nós, que somos a lei, e os bandidos?

— Seu Napoleão, eu acho que o senhor já fez sua visita. Pode ficar tranqüilo que vou pensar no assunto.

Os policiais despediram-se. Antes de chegar ao portão, visivelmente nervoso Napoleão deu meia-volta e, depois de vagar o olhar em torno, soltou o veneno:

— Pelo que vejo a coisa por aqui tem melhorado, e muito, ultimamente! Torre com sino novo... A ambulância recauchutada... O senhor ganhou na loteria, padre? — deu continência e saiu.

Seu Mário, que ainda se lembrava desse tipo de gente, alertou:

— Esse homem é um perigo! Bom, deixe eu voltar para o meu trabalho — e meteu-se embaixo da ambulância.

Depois que a viatura deu partida, o padre puxou Russo pelo braço e disse baixinho:

— Esse miserável sabe do dinheiro! — Vendo Russo pensativo, perguntou: — Será que Tiago está metido nisso?

— Não sei, padre... Mas de qualquer maneira temos de tirar o rapaz do bairro. Não só o moleque, algo me diz que a menina também. Os dois correm perigo!

...

— Seu Mário, o senhor fez um trabalho de mestre! A ambulância nem parece aquele ferro-velho que estava se acabando pelo pátio! – comentou Russo, satisfeito.

Na Vila Maria desceram a Guilherme Cotching e depois pegaram à direita na Margarino Torres. O tenente olhou pela veneziana da boléia para ver se a neta estava bem. Depois de alguns minutos a ambulância parou numa esquina de muro alto, coberto por trepadeira, quase escondendo um sobrado antigo.

— Aqui moram os meus sogros. Aliás, minha sogra, o velho já morreu. Cida vai ficar aqui até as coisas acalmarem. Somente eu e o senhor, seu Mário, sabemos o lugar.

Enquanto atendiam o portão, o tenente verificou se tinham sido seguidos e só depois é que abriu as portas traseiras da ambulância. Cida desceu do veículo e Russo apresentou os dois para dona Amália, que já estava na soleira. A luz da sala iluminou os visitantes pela porta entreaberta e seu Mário percebeu quando a velhinha ficou pálida ao ver a menina.

— Leda?! — perguntou com a voz trêmula e macia como se estivesse vendo um fantasma. A velha apertou a menina contra o peito enquanto Cida olhava para Russo procurando uma resposta.

— Quem é Leda? — perguntou.

Dona Amália, visivelmente transtornada, convidou-os a entrar. Na sala, antes que os visitantes se sentassem, a velhinha apontou para o retrato emoldurado na parede:

— Leda era minha filha!

Ninguém notou, mas quando seu Mário viu o retrato da mulher, perdeu a cor! O ar parecia ter sumido da sala. O sangue fugiu-lhe das pernas e o homem sentou-se no sofá tentando controlar a emoção. Naquele momento dona Amália voltava com um álbum de fotografias, que tirara da estante da sala, e pôs nas mãos de Cida. A velhinha, muito pensativa, esquadrinhou o rosto da menina mais uma vez e depois falou devagar:

— Enquanto vou passando um cafezinho pras visitas, você mesmo pode ir vendo quanto minha Leda era parecida com você. — E virando-se para os homens: — Não é que ela tem o mesmo jeitinho de Leda, quando era mocinha?...

13

Um demônio em sua mente

Na volta, os dois homens se perderam, cada qual em suas lembranças. Durante o percurso não deram nenhuma palavra e somente se falaram quando já estavam de novo no pátio da igreja. O dia tinha sido bem agitado para eles. Agora que Cida estava fora do bairro, o próximo passo seria encontrar um lugar seguro para esconder Tiago. Mas isso eles combinariam no dia seguinte. Visivelmente cansados, despediram-se e resolveram deitar-se mais cedo.

A primeira coisa que Russo fez ao entrar em seu quarto foi tirar da parede o cartaz com a fotografia de Leda ao lado de outros terroristas procurados pela repressão. Era hora de se livrar daquele pedaço de papel que o acompanhara durante aqueles anos todos. "Isso não serve mais pra nada, a não ser pra me torturar mais ainda...", pensou. Afinal, ela não tinha escolhido aquele caminho contra a vontade própria. Todos, tanto militares quanto revolucionários, tomaram suas posições de maneira consciente, naquele momento. Para Russo todos estavam quites com suas contas e nada que ele fizesse poderia trazer de novo Leda para sua vida. Russo amassou o cartaz e sentou-se na cama. Jogando a bola de papel de uma mão para a outra, lembrou-se da noite em que vira Leda pela última vez.

Russo, além de bancário, era ator profissional naquele tempo. Estava em cartaz com uma peça no TBC, quando Leda, sem ao menos avisá-lo, apareceu no camarim. Naquela noite ela estava acompanhada por um jovem militante que, pelo sotaque, parecia ser carioca. Embora Leda, por segurança, nunca lhe revelasse nada de suas atividades, naquela noite Russo ficou sabendo que estavam em São Paulo com o propósito de ajudar alguns militantes da ALN a saírem do país. A Ação Libertadora Nacional era uma organização guerrilheira que no momento se encontrava enfraquecida, principalmente depois que seu dirigente, Carlos Marighella, caíra nas mãos da repressão.

Russo não tinha gostado muito de sua visita. Mas desde que ela entrara para a clandestinidade, era Leda quem resolvia quando ele poderia vê-la, aquela negrinha teimosa!... Apesar da barriga, Leda não havia engordado nada. Tinha o rosto magro e continuava a mesma encrenqueira de sempre, sem saber quando devia arredar o pé de suas posições... Russo lamentava-se por ter despertado nela o gosto pela política. Entretanto, fora o trabalho profissional como médica que terminara por levá-la à militância; Leda não agüentava o descaso dos governantes quanto à saúde do povo... E mesmo tendo sido abandonado por ela, Russo ainda a amava... E quando perguntava pelo filho:

— Quando nascer você cuida dele pra mim, está bem? — dizia ela, com a maior tranqüilidade.

...

Seu Mário estava arrasado com a descoberta que fizera. Jamais poderia imaginar que um dia o acaso fosse aproximá-lo dos parentes da mulher que muito tempo atrás ele ajudara a torturar... Ele era um jovem tenente naquela época e, como outros oficiais do Exército, defendia a pátria contra o terrorismo. Tinha certeza de que não tocara num fio de cabelo de Leda! Aliás, nem sabia que o nome dela era Leda, pois todos, tanto os militares quanto os comunistas, usavam nomes falsos naquele tempo.

Ao chegar em casa pegou a velha Bíblia que sempre deixava no criado-mudo e tirou debaixo da capa de couro preto um documento. Era a carteira de trabalho de Leda que ele havia guardado todos aqueles anos. Era ela. A mesma mulher do retrato pendurado na parede da sala de dona Amália. Os olhos da velhinha não se enganaram quando avistaram a menina pela primeira vez! Era como se Leda tivesse reencarnado na neta, depois de tantos anos.

Quanto a Russo, ele também se lembrara muito de Leda ao ver Cida pela segunda vez, na reunião do Movimento Negro do bairro. E depois, ao anoitecer, quando avistara a menina namorando no pátio da igreja é que a imagem de sua mulher reacendera de novo em sua mente. Essa semelhança ficara comprovada naquela tarde, enquanto Cida se divertia apontando as fotografias no álbum que dona Amália lhe mostrava. Mas havia tanta gente parecida pelo mundo afora, que não lhe passou pela cabeça que Cida pudesse ter algum parentesco com ele.

...

Seu Mário lembrou-se daquela noite fria de julho de 1970, quando fora contatado às pressas pelos homens da Oban para capturar alguns elementos remanescentes de uma organização guerrilheira, desbaratada no Rio de Janeiro. Pelas informações que o delegado Fleury tinha em mãos, esses terroristas pretendiam agir em conluio com outros quadros da ALN, ao mesmo tempo em que formariam suas células em São

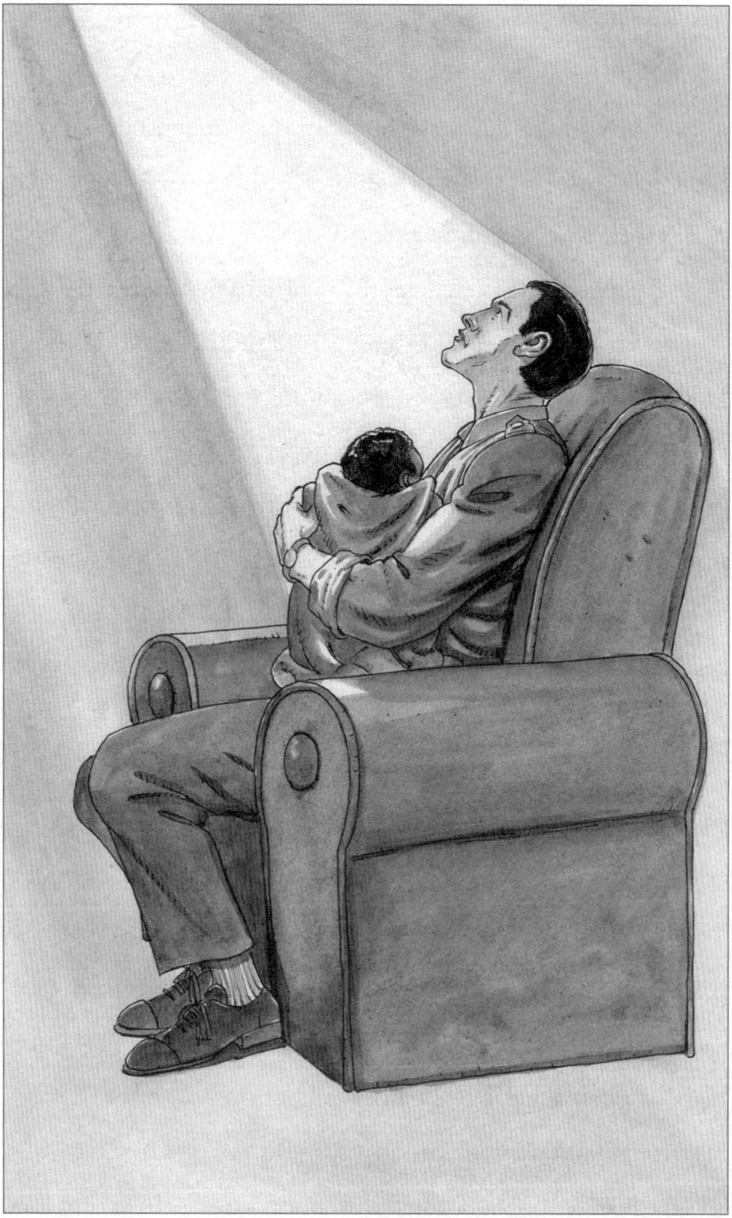

Paulo. Montada a operação, poucas horas depois na esquina da Brigadeiro com a Maria Paula, os bandidos foram interceptados. Leda fora presa num fusca azul quando tentava romper o cerco da polícia.

A prisioneira era uma mulher negra de quase trinta anos e estava grávida. O tenente Mário viu como ela foi arrastada à sala de tortura, mas, sensibilizado com seu estado, não quis participar do interrogatório. Outros oficiais mais velhos do que ele, já "calejados na luta", como diziam, faziam aquele trabalho sujo com desenvoltura. Ali, na frente deles, amarrado a uma cadeira ou pendurado num pau-de-arara, não estava um ser humano que pensava e que também tinha suas razões, mas um pedaço de carne que eles trituravam e amassavam como bem entendessem.

— Comunista bom é comunista morto! — disse um oficial torturador ao jovem tenente, ao mesmo tempo que limpava o sangue das mãos numa toalha. — E se o filho dela nascer, daremos um jeito nele... Se fosse branco, tenente, até que poderíamos adotá-lo, pra que ele tivesse uma educação decente... Mas negro, e ainda por cima comunista, ninguém agüenta! — riu, cínico. — Mas você está indo bem, rapaz... Logo você vai deixar essa besteira de lado e vai tratá-los como eles merecem...

O tenente Mário sabia que eles não demorariam com ela. Às vezes gritavam como loucos por Leda ser uma mulher de fibra. Eles não conseguiam parti-la em dois, como haviam feito com outros que caíram em suas mãos. Leda não deixava que seus torturadores entrassem em sua mente para enfraquecê-la. Forte e determinada, até o último momento não entregou seus companheiros.

Numa noite, quando a levava de volta à cela, a mulher entrou em trabalho de parto e ele mesmo a socorreu. Pouco tempo depois de ter dado à luz uma menina, Leda não resistiu e veio a falecer ali mesmo no chão de uma cela do DOI-CODI. O tenente, temendo pela vida da criança, pediu aos seus superiores para que ele mesmo cuidasse da internação da menina numa unidade da Febem, em São Paulo.

Na verdade o jovem tenente não sabia bem o que lhe acontecera. Seus sentimentos falaram mais alto naquele momento e, quando teve de desempenhar seu trabalho, acovardou-se. Os oficiais mais novos eram iniciados pelos mais experientes na prática do interrogatório e ele estava ali para aprender como dobrar a resistência do prisioneiro. Mas, ao invés disso, ele ficara dividido, ao contrário de seus companheiros, sem conseguir executar a tarefa. A resistência daquela mulher aparentemente frágil, mostrando coragem diante de seus agressores, tocou-o profundamente. Ao presenciar o sofrimento de Leda ao longo dos dias, o jovem tenente pouco a pouco foi-se identificando com ela... No final, ele ficara com o ser cindido, abrindo espaço para que o demônio cruel daquela mulher entrasse em sua mente. Dali em diante, ao criar o próprio inferno dentro dele, o fantasma de Leda não lhe daria mais sossego nem trégua, torturando-o aonde quer que fosse... Talvez movido pela culpa, depois de alguns anos resolvera adotar a criança. Tinha salvado a menina da morte, mas fora incapaz de protegê-la da violência anos depois, ao tornar-se vítima de um assalto na escola em que ensinava. Sem a filha adotiva, restava-lhe a neta que agora também corria perigo de vida...

Seu Mário guardou o documento de Leda no bolso e resolveu voltar à igreja para contar a história toda a Russo. Era hora de pedir perdão mais uma vez, só que agora prestaria contas à pessoa certa. Somente Russo poderia livrá-lo daquele inferno! No caminho, desviou-se e foi parar na padaria.

...

Testemunhas que bebiam no Mommely viram quando dois elementos desceram de um Gol branco e agrediram seu Mário, em frente ao açougue, no outro lado da rua. Nessas ocasiões ninguém se mete, mas deu para ouvir algumas coisas. Contaram aos policiais que não tinha sido um assalto, não, parecia que os homens procuravam alguém que o velho conhecia. E como ele não abria o bico, os bandidos atiraram nele e depois desceram rua abaixo, com o homem no porta-malas, o carro cantando pneu...

14

No pau-de-arara

Embalado pelo barulho da televisão fora do ar, Tiago acordou assustado com as batidas na porta. Abriu o postigo para ver quem era e Juninho foi logo falando:

— Meu, pegaram o avô da tua mina e trancaram ele num barraco lá na favela do Alemão!

Tiago abriu a porta, olhou o carro parado do outro lado da rua e deixou Juninho entrar.

— Pra que esse berro, meu?

— Olha a do cara, meu! Qual é? Tá me estranhando? É o seguinte: vim aqui pra te dar uma força... Tu vai ter que se arrancar logo daqui porque o pessoal do Mané Cão tá na captura...

Nem bem terminou de falar o rapaz puxou Tiago pelo braço e os dois atravessaram a rua correndo em direção ao carro. Depois que deu partida o traficante desandou a falar:

— Pô, véio, eu não sabia que tu tava cheio da grana... É verdade que tu tem uns dólares guardados numa mala?

Tiago estava confuso. Saíra de casa sem ao menos avisar sua mãe para onde ia e só estava ali com o traficante porque aquilo tinha a ver com a namorada. Realmente alguma coisa acontecera, pois tinha procurado Cida em sua casa na noite anterior e não a encontrara. E agora soubera que o avô dela fora seqüestrado... Mas o que o deixava mais confuso ainda era a história da mala cheia de dinheiro...

O velho Chevrolet cortava a madrugada quente soltando fogo pelo escapamento. Juninho, um nordestino risonho, de fala estridente, divertia-se quando o carro imbicava desajeitado na estrada, sempre xingando o prefeito responsável pelos buracos.

— Pô, meu, a tua mina não é mole! Se lembra quando ela jogou as pedras por trás do muro da fábrica? Levei a madrugada toda pra recuperar o bagulho! — O traficante balançou a cabeça, olhou sério para Tiago e continuou: — Ainda bem que a gente se conhece desde pequeno... Se fosse outro tinha apagado a mina ali mesmo... Mas hoje, pensando bem, foi bom você não ter entrado no negócio... Você não tinha jeito mesmo pra coisa.

Juninho era chefe de uma quadrilha rival do bando de Mané Cão. E a base de apoio dos grupos era a favela do

Alemão, para onde haviam levado seu Mário. O traficante não concordava em misturar droga com seqüestro. Agindo dessa maneira, logo atrairiam a atenção da polícia e isso, ele tinha certeza, não faria bem aos negócios do tráfico. Mesmo sabendo que poderia estar com os dias contados por ter batido de frente com Mané Cão, chegara a hora de dar uma lição no bandido.

— Hoje eu resolvo essa parada, meu. Ou eu ou ele. Vou acabar com a raça daquele macaco e depois me estabelecer sozinho na favela, tu vai ver! — Parou o carro e fez sinal para que Tiago saísse. — Agora você se vira. E, quem sabe, amanhã você já vai poder voltar pra casa. Você e o pai de sua mina; o bebum do teu sogro... Só pra tu ter uma idéia... A gente vai começar a festa arrebentando o cativeiro.

Tiago olhou para o amigo, fechou a porta do Chevrolet e ficou pensativo, olhando o pára-brisa.

— Cai fora, meu! Eu tenho mais o que fazer!... — Vendo Tiago meio sem rumo o bandido perguntou: — Ou você quer ir junto?

— Tô nessa, mano!

— Senti firmeza, meu!

Assim que Tiago entrou no carro, o traficante abriu o porta-luvas e disse:

— Pega! Sem isso você é um homem morto...

Tiago pegou a arma e botou na cintura.

...

Seu Mário acordou com um jato de água fria no rosto. Amarrado numa cadeira o homem abriu os olhos e viu quando um rapaz magro, de bermuda e sem camisa, puxou um caixote e se sentou bem em frente. Podia-se ver a menoridade do bandido pela maneira displicente com que brincava com a arma; sem dar a mínima para o prisioneiro, o garoto se exibia a uma platéia imaginária, girando a arma pelo gatilho, parecendo um caubói de filme antigo, desses que ainda passam na televisão.

Sem saber bem onde estava, o tenente Mário olhou em volta e aproveitou para cuspir o sangue misturado ao conhaque. Passou a língua pela boca e sentiu dois dentes da frente quebrados. Um torniquete cingia o braço direito do prisioneiro e uma dor, perfurando seu ombro, aos poucos, lhe trazia à consciência o que havia acontecido: saíra de porre da padaria e por ter reagido aos seqüestradores levara um tiro. Entendia que o caso dele não era bem um seqüestro, desses que acontecem diariamente em São Paulo; havia algo que os bandidos queriam: uma mala cheia de dólares que sua neta havia pego!... Já tinham revirado sua casa e, como não haviam

III

encontrado nada, os bandidos agora iriam atrás do namorado de Cida, acreditando que ele soubesse o paradeiro dela e do dinheiro. Dinheiro sujo que financia seqüestros e depois é reinvestido em compra de armas, dando mais poder de fogo aos traficantes... Ainda bem que escondera a mocinha. Tiago agora era quem corria perigo. Sabia que o pior estava por vir e precisava reunir forças para encontrar um jeito de escapar dali e avisar o rapaz.

O bandido ciscou o pé no chão de barro e depois de levantar a aba do boné com a arma encostou o cano da pistola na testa do tenente. Mesmo fora de forma, a experiência lhe dizia que num momento como aquele o melhor que tinha a fazer era buscar o equilíbrio entre uma reação extremada e a submissão demasiada. Enquanto dissimulava seu desespero, também não afrontava o inimigo. Com essa atitude seu Mário procurava não dar mais poder ao carcereiro.

Vendo-se nos olhos um do outro, os dois ficaram ali uma eternidade... Por fim o rapaz desviou o olhar e levantou-se do caixote. O bandido guardou a arma na cintura e antes de passar pela porta do barraco, abanou a cabeça com desdém e falou:

— Não adianta encarar, meu... Daqui a pouco o Japa vai te pendurar no pau-de-arara e aí eu quero ver se você não vai dar o serviço! Bom, vou dar um rolê...

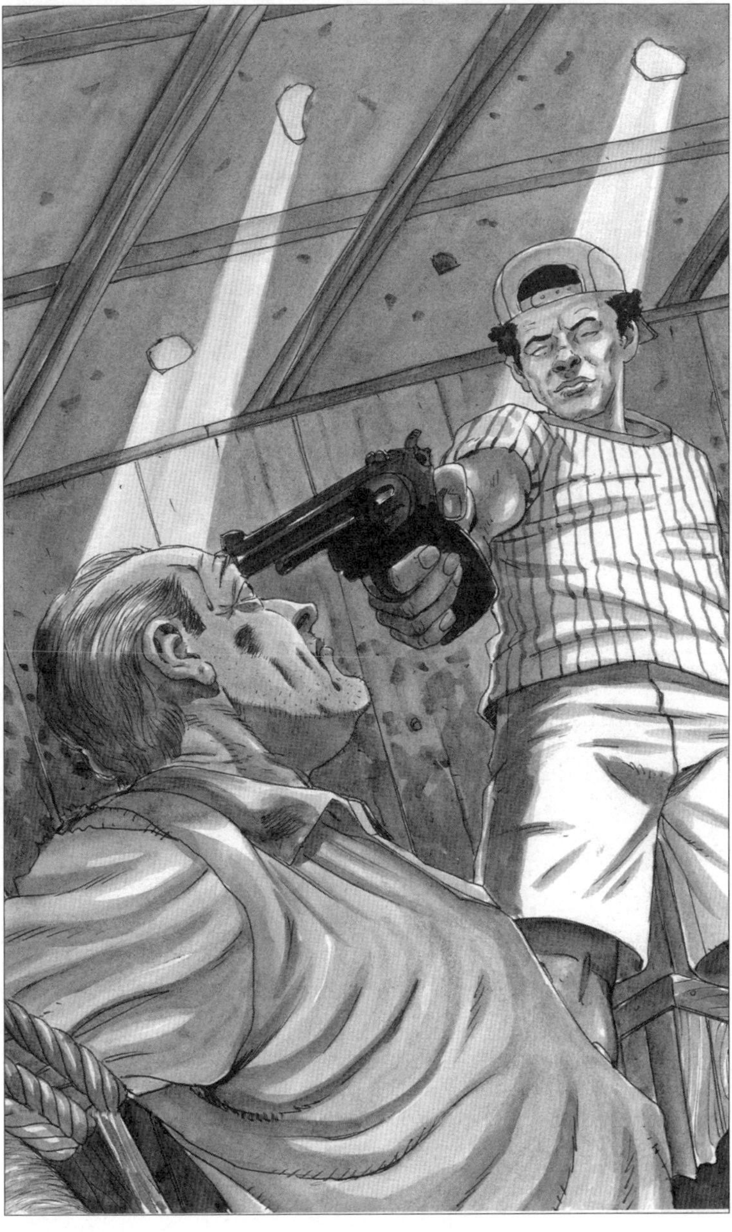

A madrugada não refrescara em nada o interior do barraco. A quentura traspassava a alvenaria sem reboco e o cheiro forte de lama denunciava o lugar. Seu Mário compreendeu logo aonde fora levado. Estava numa favela próxima ao Tietê. Mas em qual favela? Eram tantas... Talvez não saísse vivo dali e logo jornais estampariam a foto de um corpo boiando nas águas escuras do rio. Seria mais uma vítima do crime organizado, com a morte banalizada pela mídia, narrada de forma sensacionalista na televisão por um apresentador medíocre em busca de audiência.

Naquela noite, Avelina, moradora da mesma favela, viu quando vultos apressados desembocaram na viela em frente ao seu barraco. Pelo postigo do banheiro ela presenciou quando os homens trouxeram o tenente para o cativeiro — andando com dificuldade, o homem arrastava as pernas bambas no chão de lama. Compreendendo que a vida daquele homem estava em perigo a mulher tomou uma decisão. Depois que o marido dormiu e o vaivém na viela se acalmou, a mulher deu uma escapada até o telefone comunitário. De lá do alto do pequeno morro, enquanto denunciava o fato às autoridades, Avelina viu, por acaso, quando um carro de polícia estacionou na avenida embaixo. Da viatura desceram dois policiais fardados e um outro à paisana. Apesar da pouca iluminação,

Avelina logo reconheceu estar enganada. O outro não era policial coisa nenhuma!... Pelo jeito de falar e gingar o corpo, só podia ser o mandão do pedaço, o tal do Mané Cão!

— Moça! — continuou —, a senhora me desculpe, mas acho que tem dois policiais envolvidos no seqüestro! Eles estacionaram a viatura na rua embaixo, na entrada da favela e...

Com a voz trêmula a mulher desligou o telefone. O coração batia de medo e Avelina não tinha tempo para pensar em sua boa ação. Sob a sombra baixa dos barracos a mulher se esgueirou pelas vielas estreitas da favela sem despertar a atenção dos olheiros. Sua preocupação agora era chegar quanto antes a casa e encontrar o marido ainda dormindo.

Enquanto isso, lá embaixo, os três homens faziam planos:

— O namorado da neguinha também sumiu — falou Mané Cão, como sempre, gesticulando e arqueando o corpo num balanço.

Japa apontou o indicador para o parceiro e despejou:

— Eu não te disse que os dois tinham alguma coisa a ver com o sumiço da mala, companheiro?

Napoleão balançou a cabeça concordando com o Japa e falou para si mesmo:

— Se a pretinha e o namorado sumiram, o velho deve saber onde os dois estão... — Pensou um pouco e depois, baixinho: — Não sei não, mas algo me diz que aquele padre também está metido nessa...

— Bom, pessoal... Acho que está na hora de a gente acabar com isso! — disse o Japa.

— É, também acho. Você não disse que tem as manha?... — folgou o bandido, esfregando as mãos, muito ansioso.

Napoleão resolveu ficar esperando na viatura dando cobertura aos parceiros. Japa e Mané subiram a pequena elevação da favela e não viram quando um olheiro de Juninho, de cima de uma laje, sinalizava com a chama do isqueiro aos comparsas. No caminho Japa abriu a camisa, tirou da cintura um capuz que trazia escondido e o vestiu. Não era do seu feitio mostrar a cara. Mesmo porque o prisioneiro o conhecia bem, havia cruzado várias vezes com o tenente na padaria do Jardim Brasil. Japa sempre via o homem do outro lado do balcão, tomando sua cachaça, e de vez em quando até se cumprimentavam. Quanto a Mané, entraria no cativeiro. O bandido já tinha decidido que apagaria o velho ali mesmo, depois que seu Mário falasse tudo sobre o sumiço da neta com a mala.

— No pau-de-arara qualquer um entrega a mãe! — disse Japa, gabando-se do trabalho sujo. — Até agora não teve um que não tenha dado o serviço...

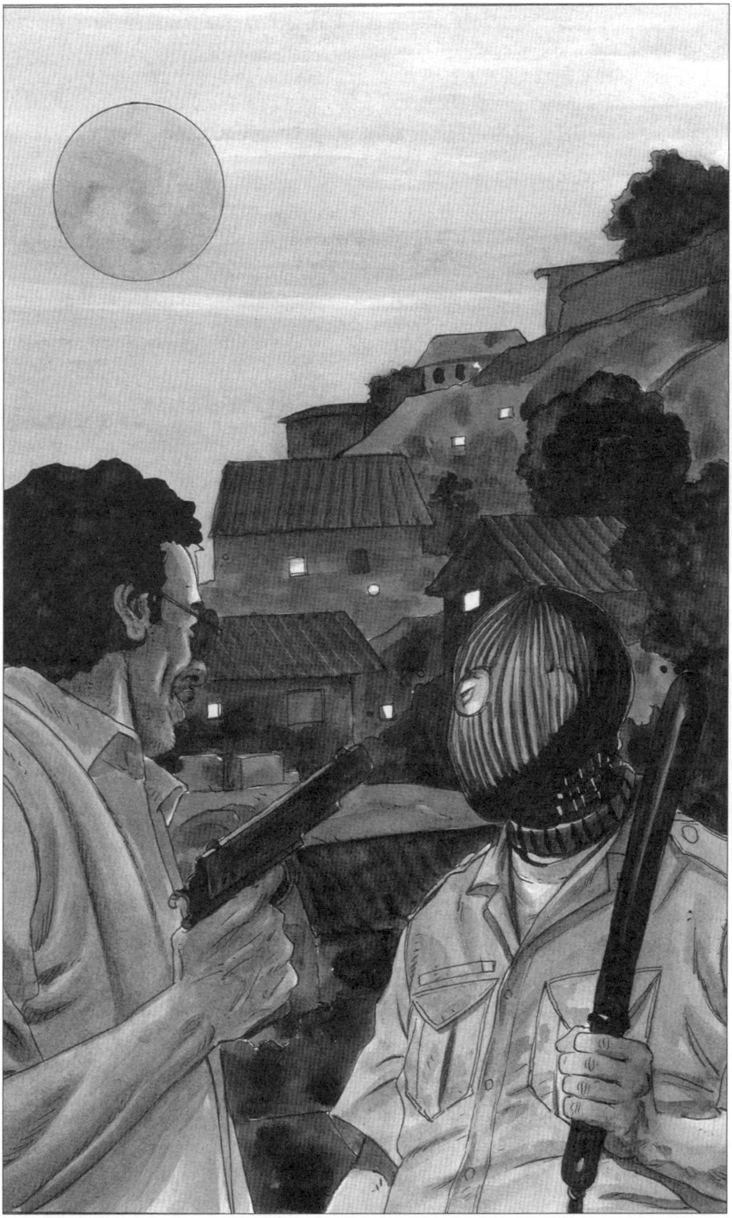

Numa outra viela ao lado, Juninho e seu grupo preparavam-se para entrar em ação. A cilada estava armada. Ele e mais três companheiros esperariam os bandidos se aproximarem do cativeiro para atacá-los. A primeira coisa que fariam era acertar contas com Mané, depois soltariam o prisioneiro. A madrugada ficara clara agora. As nuvens espessas desvelavam a lua e as sombras largas da noite se espraiavam pela favela, permitindo ao pessoal de Juninho deslizar pelo oitão dos barracos sem ser notado.

— Está com medo, meu? — perguntou Juninho a Tiago.

— O que é que você acha? Eu nunca...

— Cara, qualquer um tem medo numa hora dessas. Principalmente você que está careta. Acho bom você não ir com a gente...

A chama azul do isqueiro brilhou outra vez em cima da laje; desta vez para avisar que os homens já tinham entrado na viela onde se encontrava o cativeiro. O traficante deu o sinal e o grupo se dividiu; Juninho e um comparsa logo atrás de Mané e os outros dois pelo outro flanco, apertando o cerco, deixando os bandidos sem saída. Em meio ao fogo cruzado deveriam tomar cuidado para não acertarem os companheiros. Tiago resolveu tomar Juninho como escudo. O traficante riu e deixou que o amigo ficasse bem atrás dele, protegido do fogo inimigo. Para surpresa de todos, naquele momento, um barulho de helicóptero irrompeu no ar. Ao mesmo tempo sirenes cortaram a madrugada adentro tirando o sossego de quem dormia. Um foco de luz iluminava do alto os barracos, dando apoio aos homens da divisão anti-seqüestro da polícia. Pegos de surpresa os bandidos começaram o tiroteio. Vendo-se cercados, Japa e Mané dispararam suas armas contra os atacantes. Juninho levou um tiro e caiu morto aos pés de Tiago, que tremia, paralisado, olhando o helicóptero parado no céu. Os comparsas de Juninho debandaram e Mané Cão, aproveitando o momento, derrubou a porta do barraco e caiu sobre o prisioneiro, atirando-o no chão. Em seguida o bandido escapuliu pelo alçapão do cativeiro, deslizando barranco afora até sumir no córrego.

— Estou bem!... — disse seu Mário aos policiais.

Paramédicos retiraram o torniquete do braço do prisioneiro e o imobilizaram numa maca. Ao sair do barraco, seu Mário deparou com Tiago sob o foco de luz do helicóptero, com as mãos para cima, cercado pela polícia.

— Eu conheço esse rapaz... É o namorado de minha neta!

Em seguida, uma outra maca pedia passagem. Nela, um homem ferido no peito respirava com dificuldade. Um policial pegou um pano preto e mostrou ao seu superior.

— Esse aí estava usando esse capuz...

Ao reconhecer o homem, Tiago apontou chorando:

— Foi o Japa... Eu sabia! Foi o Japa...

Pela janelinha da cozinha do seu barraco, Avelina estava feliz. Dali ela presenciou Napoleão receber voz de prisão, assim que os homens do esquadrão anti-seqüestro chegaram. O valentão não oferecera nenhuma resistência. Quanto ao mandão do pedaço, o tal de Mané Cão, esse escapara por pouco...

...

Padre Zeca e Russo foram direto ao hospital. Seu Mário não estava bem e pediu que deixassem apenas o vigário entrar na enfermaria. O velho falava com dificuldade e foi preciso que o padre encostasse a orelha na boca do homem para que pudesse ouvi-lo melhor.

— Padre... Quero que me faça um favor... No criado-mudo... — O padre abriu a gaveta e pegou uma carteira de couro. O velho fez um movimento com o indicador e o vigário entendeu que deveria procurar algo. — A carteira de trabalho... — disse o homem de modo quase imperceptível.

O padre achou o documento, abriu e ficou olhando a fotografia como se conhecesse aquele rosto.

— Quero que o senhor entregue a carteira de trabalho dela para o Russo... — pediu.

O padre, sem saber bem o que estava acontecendo, concordou. O tenente, segurando sua mão, falou, pausadamente:

— Padre, eu já lhe confessei meus pecados e o senhor sabe que eu não matei essa mulher... É que eu talvez não escape dessa e não queria ir para o outro mundo sem passar essa história a limpo... O senhor é o único que pode me ajudar, contando tudo o que eu lhe confessei outro dia ao Russo!

O vigário pediu que se acalmasse que ele não estava tão mal assim, embora tivesse perdido muito sangue. O homem continuou:

— Padre, a minha Cida é neta do Russo! E essa fotografia aí é da mulher dele...

O padre, surpreso com a revelação, olhou outra vez o documento da mulher e, finalmente, lembrou-se de quem era. Ele mesmo havia casado os dois na igreja de Nossa Senhora da Candelária, na Vila Maria. Formada em Medicina, pouco tempo depois, Leda, que optara pela militância política, havia desaparecido da família, dos amigos e caíra na clandestinidade, na luta armada contra a ditadura militar... Deus havia colocado diante dele um dos torturadores de uma pessoa que conhecera no passado, a mulher do seu melhor amigo...

— Ele precisa saber de tudo... — voltou a falar. — Padre, a menina corre perigo! Diga ao Russo que eu não contei aos bandidos onde ela se encontra. Padre, me escute... Tem uma coisa nessa história toda que eu não entendi: eles estão atrás de uma mala de dinheiro! Os bandidos acham que Cida e o namorado estão envolvidos nisso. Os dois estão correndo risco de morte! Diga ao Russo pra sumir com o menino antes que peguem ele...

Padre Zeca ficou transtornado com o que descobrira. E o pior é que Deus parecia lhe ter pregado uma peça...

15

Na cremalheira

Russo aproveitou que o bandido limpava o *ray-ban* no camisão e resolveu pegar o caminho da passarela de novo, como ele e seu amigo Elias tinham combinado. Se conseguissem chegar a tempo ao restaurante do Careca, quem sabe pudessem dar um jeito na situação.

Sem titubear, o velho puxou Cida pelo braço e dispararam encosta abaixo. O bandido, atento ao movimento dos dois, tirou a arma da cintura e correu atrás deles. Em meio aos visitantes que atravessavam a passarela, Russo e a menina subiram estabanados o primeiro vão da ponte. Ao se aproximar dos dois, Mané Cão gritou:

— Parem! Eu vou atirar!...

Naquela confusão toda os turistas correram apavorados. O bandido, que já se aproximara o bastante, apontou a arma para o Russo, obrigando-o a encostar-se no gradeado da passarela.

— Foi neste fim de mundo que vocês esconderam o dinheiro, não foi?

Nesse momento, Elias, que vinha logo atrás do bandido, pedia apoio ao Careca pelo celular. O dono do bar pulou o balcão segurando um porrete, partindo para o ataque. Tiago, que estava escondido na adega, também correu para ajudar a enfrentar o bandido. O velho Abdias, que fazia tempo não via um fuzuê daqueles, pegou um tamborete pelas pernas e seguiu seu Alencar, arrastando-se os dois pela passarela.

— Cida! — gritou Tiago.

O bandido distraiu-se e Russo atracou-se com ele. Segurando-lhe o punho, Russo tentava pegar a arma de Mané. Cida pulou nas costas do homem e deu-lhe uma gravata. Com um jogo de corpo o mulato se desvencilhou da mocinha, que caiu rolando pelo chão. Elias tinha o homem na mira, mas, como Russo estava na linha de tiro, esperava por um ângulo melhor para acertá-lo. No corpo a corpo Russo botou a perna por trás do bandido e o empurrou. Mané Cão desequilibrou-se, mas arrastou o velho com ele contra a grade, que cedeu ao peso dos dois. Nesse momento, o apito agressivo do trem de carga ensurdeceu a todos. Do outro lado da

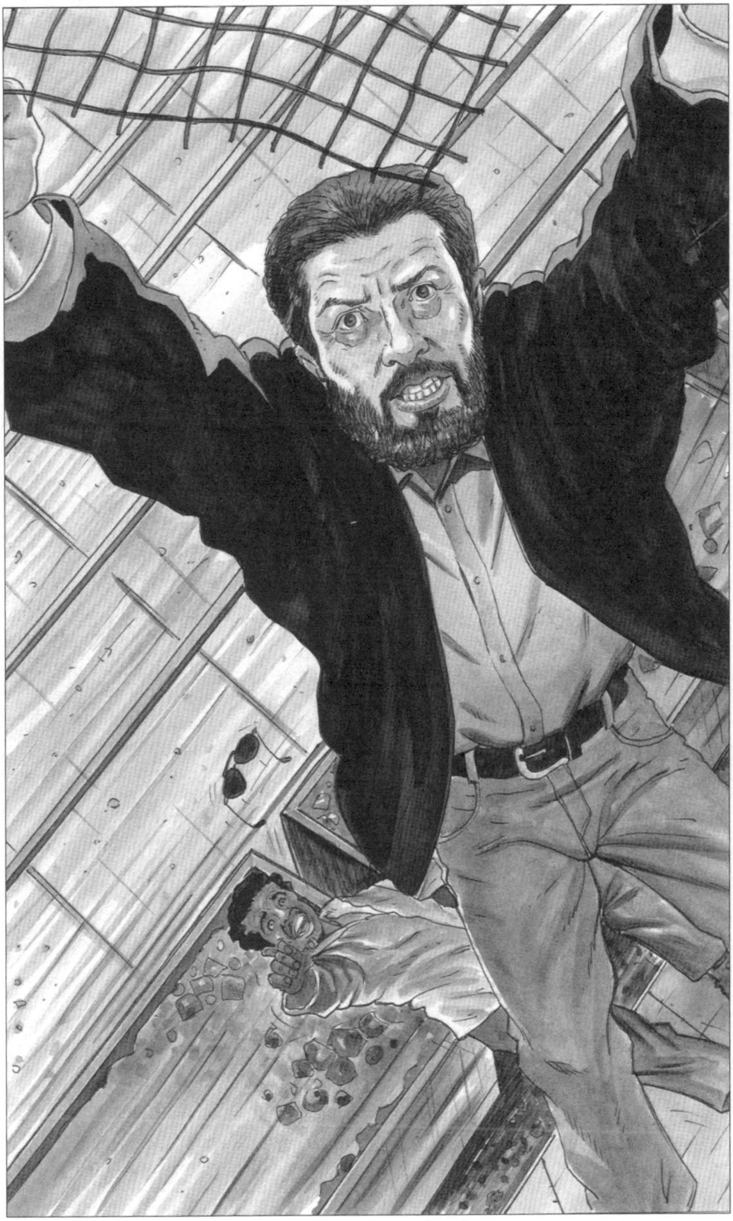

cidade as pessoas presenciavam o bandido, desesperado, segurando-se nas pernas de Russo, que se sacudia todo, agarrado à grade retorcida. A fileira de vagões já passava sob eles quando Mané Cão, perdendo as forças, despencou sobre o minério. Elias puxou o velho para cima e Tiago levantou a namorada do chão. Da passarela todos viram o trem descendo a serra, e o corpo desacordado do homem cair entre os vagões, tragado aos poucos pela cremalheira...

...

Dias depois, Russo não perdia de vista o casal de namorados passeando de mãos dadas pelo saguão do aeroporto. Como as coisas ainda estavam complicadas, o velho resolvera tirar os dois de São Paulo. O padre mobilizara a Pastoral da Violência e um advogado já estava a postos para representar Tiago, assim que fosse chamado para prestar novo depoimento como testemunha do assassinato de Renato. Enquanto isso não acontecesse, por precaução, eles passariam uns dias na casa da mãe de Russo, em Natal.

Já se preparavam para o embarque quando padre Zeca e seu Mário apontaram no fim do corredor. Depois dos últimos acontecimentos era a primeira vez que os dois homens se encontravam. Russo ficou passado quando viu seu Mário com o braço na tipóia, meio receoso, estendendo-lhe a mão. Sem que percebessem, padre Zeca puxou Tiago e Cida de lado para que os homens se entendessem melhor. Muito emocionado, Russo abraçou o tenente. Seu Mário pediu perdão ao amigo, mas a voz presa na garganta soou baixinho em seu ouvido.

— Não há mais nada a dizer, companheiro — disse Russo. — Nessa história toda, todos nós perdemos nossas vidas... — com os olhos lacrimejando olhou para o relógio e depois pediu socorro ao padre.

Despediram-se e quando Russo passou a catraca de embarque o padre lembrou:

— Russo, não se esqueça de voltar, hein? A gente ainda tem a creche para construir!...

Já a bordo, Cida tirou um porta-retratos da bolsa e mostrou a Russo:

— Minha mãe... Ela não era bonita?

— Muito! Como era o nome dela?

— Iraí Malvina Rabelo da Silva. Ela era professora de História! — disse com orgulho.

Sem perceber a aflição que tomara conta dos olhos de Russo, Cida olhou para o porta-retratos e viu como dona Iraí estava feliz. Ainda esperou que lhe dissesse algo, mas naquela manhã ela só queria sorrir... Enquanto guardava a mãe na bolsa, Tiago dirigiu-lhe o olhar nervoso de quem não consegue dissimular o medo, ao viajar pela primeira vez de avião. Cida entendeu e pegou sua mão.

    Seu Mário esperou o avião levantar vôo e resolveu que não veria mais aquelas pessoas. Cida era uma boa menina e iria compreender o seu gesto. Jamais a esqueceria! Tinha feito muito por ele... Chegara a hora de a mocinha conhecer seu verdadeiro avô. Russo teria muito tempo durante a viagem para contar toda a história à neta. Quanto a ele, tinha ainda uns irmãos no Paraná. E, agora que fora libertado, ainda era tempo de começar uma vida nova...